나 괜찮아요,
뒤돌아보지 마세요

나 괜찮아요,
뒤돌아보지 마세요

초판 1쇄 인쇄 2011년 12월 08일
초판 1쇄 발행 2011년 12월 15일

지은이 | 오종훈
펴낸이 | 손형국
펴낸곳 | (주)에세이퍼블리싱
출판등록 | 2004. 12. 1(제2011-77호)
주소 | 153-786 서울시 금천구 가산동 371-28 우림라이온스밸리 C동 101호
홈페이지 | www.book.co.kr
전화번호 | 2026-5777
팩스 | (02)2026-5747

ISBN 978-89-6023-717-9 03810

나 괜찮아요, 뒤돌아보지 마세요

오종훈 지음

차례

1
봄을 기다리는 마음

올겨울은 유난히 추웠다. 기상청 예보 이래로 가장 추운 것 같다. 서울역이나 지하철역에서 지내던 노숙자들이 보기 드물게 줄어들었다. 예년 같지 않은 추위에 신문지 한 장으로 연일 계속되는 한기를 막기란 역부족이었으리라. 그들이 사라진 거리는 자정 전인데도 일찍부터 한산하다. 한적한 도로 위에 눈발이 쌓인다. 하얗게 얼어붙은 한강. 북한산을 넘어온 바람이 허공을 후리며 차갑게 강바닥을 훑고 지나간다.

이번 겨울엔 예기치 못한 눈이 자주 내렸다. 기습 폭설도 여러 번 내리고, 그때마다 한강도 꽁꽁 얼었다. 연말부터 연초까지 내리 기온이 영하로 떨어졌다. 기온이 영상인 날은 이틀뿐이었다. 겨울 끝물에 동해안에 내린 폭설이 이제는 이 나라도 계절의 안전지대가 아니라는 생각이 들게 했다. 온 세계가 온난화와 라니뇨로 기후변화의 몸살을 앓고 있는데, 우리라고 그것을 피해 갈 수는 없을 것이다. 우리나라의 전통 기후인 삼한사온도 사라져간다.

겨울이 끝나 가는데, 아직도 산동네 응달에는 잔설이 수채화 여백처럼 희끗희끗 남아 있다. 을씨년스러운 날인데도 산동네를 오르는 서윤주는 숨이 턱까지 차오르며 땀이 송골송골 맺혔다. 꽁꽁 언 공기 속에서 그녀의 입김이 펌프질하듯이 규칙적으로 피어났다. 그녀는 가던 걸음을 멈추고 앞서 걷는 중년의 부동산 중개인에게 물었다.

"아직 멀었어요?"

중개인이 그녀를 돌아보며 씩 웃었다. 그리고는 물이 빠져 허옇게 바랜 파란색 철제 대문 앞에 서더니 그 집을 가리켰다. 윤주는 더 이상 오르지 않아서 다행이라고 생각했다. 그런데 기대했던 것보다 남루한 슬레이트집이었다. 이런 산동네로 이사 오면서 아늑한 보금자리를 꿈꿀 생각은 아니었으나 생각보다 못했다. 덕수가 갑자기 전세금을 빼서 도는 바람에 어쩔 수 없이 이런 산동네로 옮겨야 했다. 그래도 남향집이어서 볕은 잘 들 것 같았다. 그리고 조그만 화단이 있는 게 다행이다 싶었다. 여름이 오면 딸 은서하고 꽃을 심고 싶어졌다. 무엇보다도 시내 전경이 한 눈에 볼 수 있어서 좋았다. 지금껏 살아오면서 가슴에 무언가 막혀 있던 것이 시원스레 탁 트이는 듯한 느낌이 든다. 윤주는 노란 어린이집 가방을 옆에 두고 잠든 은서의 머리를 잠잠히 쓸어내렸다. 앞으로 아이와 살아갈 일이 망막해진다.

일주일 전이었다. 아침에 일을 나가려는데, 아이 아빠가 전셋집 보증금을 빼냈다고 주인아주머니가 말했다. 잠시 멍하니 서 있었다. 혹시 잘못 들은 것은 아닌지 재차 물었다. 아이 아빠는 집에 들어오지 않은 지 일년이 넘어가는데, 어떻게 그럴 수가 있을까. 그가 전세 값을 빼내리라고는 생각지 못했었다. 뜻밖이었다, 일년 전에는 남편이 집에 들어오지 않은 날들이 많았었다. 윤주도 처음에는 이해할 수 없었지만 날이 갈수록 그를 이해하게 되었다.

윤주가 태안에서 덕수와 함께 지내던 시절, 외부 도시와는 단절된 그 포구에 부는 바닷바람이 그녀를 못 견디게 했다, 아마

 나 괜찮아요,
뒤돌아보지 마세요

그도 태안 포구를 떠나 서울에서 살게 되었을 때, 못 견디게 갑갑했으리라. 덕수는 그녀를 따라 서울로 올라온 후 도시 생활에 적응 못 하고 밖으로 돌더니, 점점 집에 들어오지 않는 날들이 많아졌다. 일 년 전부터는 아예 소식도 없다. 어쩌다 가끔 한 번씩 집에 들어오곤 했다. 그녀는 이제 그런 가보다 할 뿐이다. 아니, 어쩌면 관심이 없는지도 모르겠다.

그가 노름에 손댔다는 심증은 갖고 있었지만, 설마 전세 값까지 빼리라고는 생각지 못했다. 하긴 서울에 처음 올라왔을 때 그도 전세 값에 지분이 있었다. 어쩌면 그가 그 값을 빼내갔는지 모르겠다고 생각되면서, 분한 마음보다는 한편 무거운 짐을 덜어낸 기분이었다. 오히려 잘됐다 싶기도 했다.

예전부터 그랬지만, 윤주는 그가 무엇을 하건 그에 대해 관여하지 않았다. 그래도 덕수는 윤주에게 자신의 생명을 구해준 생명의 은인이어서 미워할 수가 없었다. 덕수와 정식으로 결혼식도 혼인신고도 하지 않았지만, 뜻하지 않게 그와의 사이에 아이가 생기면서 동거를 하게 되었다. 한 번 어긋난 그녀의 운명은 진드기풀처럼 그녀에게 달라붙어 버렸다. 그녀는 그 늪에서 좀처럼 벗어날 수가 없었다.

윤주는 통장의 잔고를 몽땅 털어 그보다 헐한 산동네로 옮겨야만 했다. 슬픈 일이 많으면 눈물이 마른다는 말이 맞나보다. 예전처럼 눈물도 나오지 않는다. 이젠 슬픈 생각도 들지 않았다. 당장 오전에 베이커리에서 아르바이트를 하는 것으로는 앞으로의

생활이 힘들 것 같았다. 어떻게든 커가는 은서에게 불편함이 없이
해야겠다는 생각이 들었다. 이사하면 당장 이이들 과외전단지를
붙이는 일을 해야겠다고 마음먹었다.

2
동우의 귀국

이른 아침 한동우는 최정민과 함께 로스앤젤레스 공항에서 한국행 비행기에 몸을 실었다. 동우는 창가 쪽에 앉고, 정민은 그 옆자리에 앉았다. 그녀는 노트북으로 올봄에 출하할 젊은이 의류 트렌드 상품을 받아보고 있었다. 그녀는 한국과 미국을 오가며 의류 사업을 하면서 미국에서 꽤나 성공적인 입지를 갖고 있었다. 계절이 바뀔 때면 그녀는 쉴 새 없이 한국을 드나든다. 이제는 한국의 패션이 외국에서도 먹히는 때다. 처음에 그녀는 섬유 디자인을 했었다. 그러다가 외국 바이어를 만나면서 그녀의 입성이 남다르다는 평을 듣게 되어 의류 디자인 쪽으로 자리를 잡았다. 그녀의 패션은 언제나 새로우면서도 단순한 감각을 좇았다.

동우는 사고 이후 처음으로 한국에 들어오는 것이다. 그는 미국에서 비행기를 타고 오는 내내 한 마디도 하지 않았다. 떠들어 대는 쪽은 정민이었다. 그녀의 활달하고 쾌활한 성격 때문일 것이다. 만일 사고를 당한 이후 말을 거의 하지 않는 동우와 똑같이 정민이 침묵해 버린다면, 그야말로 정말 어색할 것이 뻔했다. 그 때문에 활달하게 보이고 싶었다. 그러나 동우는 정민의 말에 관심이 있는지 없는지, 창밖으로 하늘만 바라보았다. 마치 멍히 시선을 한 곳에 걸어두고 뭔가를 생각하는 모습 같았다. 그러다가도 정민이 뭔가 물어오면, 정민의 눈을 마주 보며 정확하고 명료하게 단답형 대답만 되풀이했다.

동우는 영화 속에 나오는 한 장면처럼, 육체는 성장했으나 정신은 오히려 유아적인 편향을 보이고 있었다. 그러다가도 과거에 대한 생각이 떠오르면 골몰히 생각을 집중했다. 그럴 때면 정민은 그가 대체 무슨 생각을 하는 걸까 궁금해졌다. 동우는 십년 만에 한국으로 돌아가는데도 어떤 표정도 읽을 수가 없었다. 또 그는 자기가 어떻게 해서 미국에 가게 되었는지 기억하지 못했다.

다만 그가 미국에서 재활치료를 받을 때 들은 이야기로는, 그가 유럽에서 스키를 타다가 사고를 당했다는 것이다. 그가 누구하고 무엇 때문에 거기에 갔는지는 기억하지 못했다. 그 사고 때문에 한국에 들어오지 못하고 바로 미국에서 치료를 받게 되었다. 그가 깨어났을 때는 2, 3년이 넘어 있었다고 했다. 그리고 기억력과 척추 손상으로 모든 재활 훈련을 받는 데는 십여 년의 시간이 걸렸다.

정민이 그를 알게 된 것은 아주 오래 전부터였다. 건설업을 하는 동우의 아버지 한 회장은 같은 계열인 건설업계의 선두주자였던 정민의 부친과 어떻게 해서든지 인연을 맺어 사업 기반을 굳히고자 했다. 그래서 동우와 정민의 결혼 말이 오고간 적이 있었다. 그러나 한 회장의 바람대로 인연을 맺지는 못했다. 정민은 그에 대해 알고 있었다. 동우가 유럽에서 스키 사고를 당해 미국에서 재활 치료를 받던 중 그를 만나게 되었던 것이다. 동우가 한국으로 들어오지 못한 것은 어쩌면 아버지 한 회장 때문이었다. 한 회장은 자신의 바람대로 큰아들인 동우가 정민과 결혼하지 않은 데 대해 앙금이 자리 잡고 있었기 때문에 그를 불러들이지 않았다. 그 후 동우의 어머니인 김 여사가 자신의 회갑 잔치 때 아들을 보고 싶다고 간곡히 청원해서 한 회장이 그를 불러들인 것이다.

 괜찮아요,
뒤돌아보지 마세요

하루의 절반을 넘어 날아온 인천국제공항. 날이 저물었다. 진눈깨비가 매서운 바닷바람에 모양을 못 잡고 사선으로 휘날리고 있었다. 정민은 동우를 조수석에 태우고 인천 공항도로를 빠져나갔다. 어둠이 내린 바다를 보면서 동우는 무슨 생각이 났는지 희미하게 '바다' 하고 뇌었다. 정면을 보고 있던 정민이 시선을 걷으며 동우를 바라보았다. 그러고는 희미하게 웃었다.

"그래 바다야, 저기 보이는 불빛 보이지? 선박들 불빛이야."

"바다 냄새가 나요."

"어, 그래요? 동우 씨, 집에 돌아왔으니까 이제는 잊힌 기억들도 다 생각이 날 거예요."

동우는 말이 없었다. 다시 시선을 앞으로 향하며 정민이 묻는다.

"뭐 생각나는 거 있어요?"

덤덤하게 정민을 바라보던 동우는 시선을 거두며 조수석 창가로 고개를 돌렸다. 그는 다시 무언가 골똘히 생각에 빠진 표정으로 창밖을 바라보았다. 이럴 때면 정민은 그와의 감정이 좋다가도 나빠졌다. 그때마다 항상 느끼는 것이지만, 둘이 같이 있어도 혼자 있는 기분이었다. 도대체 그가 무슨 생각을 하고 있는지 알 수가 없으니 답답할 뿐이다.

동우의 집에 도착한 두 사람을 이미 마중 나와 있던 동우의 제수가 깍듯이 맞아주었다. 동우는 수년째 기억을 잃고 외국에 떨어져 있었는데도, 자기가 자란 집을 보더니 금세 화색이 돌았다. 제수는 동우가 미국에서 치료를 받던 중 결혼한 동생이 신혼여행차 미국으로 건너왔을 때 잠깐 얼굴을 익힌 적이 있었다. 정민도 그녀를 알아봤다. 사실 그녀가 동우를 알게 된 것도 미국으로 신혼여행을 오면서였던 것이다.

동우의 어머니 김 여사는 큰아들을 보자 애달픔에 덥석 끌어안으며 흐느꼈다. 하지만 동우는 무덤덤하다기보다는 무언가 알 수 없는 표정을 지었다. 동우는 거의 십 년이 지나 돌아온 아들을 보는 엄마의 마음을 이해할 수가 없었다. 왜 이렇게 극적인 감정을 토해내는 것인지. 한 회장은 보이지 않았다. 회사 일 때문에 바쁘다고 할 뿐이었다. 정민은 그런 김 여사의 말을 이해하기 어려웠다. 김 여사의 말처럼 십 년 만에 사고를 당한 아들을 처음 보는데, 당연히 기다려서 그를 마중해 주어야 하지 않을까.

3
이사

산동네의 허름한 슬레이트집도 도배를 해놓으니 새 집처럼 깔끔했다. 방 한 칸은 공부방처럼 아늑하고 부드러운 분위기로 꾸몄다. 과외를 할 초등학생들이 와서 정붙일 수 있게끔 신경을 썼다. 딸과 단 둘이 사는 살림살이가 한 트럭이 넘는다. 덕수가 있었다면 이런 이사쯤이야 쉬이 할 수 있었으리라. 그래도 힘을 쓰는 데는 듬직했다.

그녀는 태안에서 서울로 막 올라왔을 때, 별다른 직장을 갖지 못한 덕수를 대신해서 무역회사 통역원으로 일한 적이 있었다. 직장을 잡은 것은 운도 좋았지만 대학선배 덕을 본 까닭이기도 했다. 무엇보다도 영문학을 전공한 터라 취업에 수월한 면이 있었다. 대학 때는 미모에다 야무지고 공부도 잘하는 그녀를 예뻐하는 선배들도 많았다. 그 중에서 무역회사 선배는 그녀를 가장 아끼던 선배였다.

그런데 한번 어긋난 운명은 좀처럼 수그러들 줄 몰랐다. 뜻하지 않게 윤주에게 덕수의 아이가 생기면서, 그녀가 독신이라고 믿었던 직장 동료와 선배, 상사들 모두 크게 놀랐다. 수많은 시선과 말없는 질시. 인간의 말 없는 입과 눈총은 어느 무기 못지않은 위력을 발휘하며 그녀의 가슴을 파고들었다, 사회의 울타리에 갇혀 있는 기분이었다. 하루아침에 거리감이 생겨났다. 그네들과 동화되지 못한 그녀는 혼자 점심을 먹으며 갈수록 말수도 없어졌다. 점점 숨쉬기조차 어려워졌다. 결국 그녀는 직장을 그만두어야 했다.

그렇게 불행이란 운명은 예고도 없이 일어나는 교통사고처럼 다가왔다. 그 후로 그녀의 삶은 질퍽한 늪에 빠진 나날의 연속이었다. 빠져나오려고 발버둥 치면 칠수록 삶은 그녀의 발목을 더욱 옭아맸다. 그녀는 뜻하지 않게 생긴 아이가 저주스럽고 미웠다. 지우고 싶었다. 후회와 자책이 한꺼번에 몰려왔다. 덕수가 생명의 은인이라고는 하지만, 피와 살을 섞을 만큼은 아니었다. 어쩌다 이렇게 되었는지 자신도 믿기지 않았다. 그 흔한 삼류 하룻밤 풋사랑도 아니었는데, 어떻게 일이 이렇게 되고 말았는지 알 수가 없었다. 그녀는 이미 한 번 목숨을 버리려 했었다. 그런데 자신이 원하지도 않았던 아이 때문에 또다시 죽음을 택한다면, 그것은 아무것도 모르고 자기 몸속에서 자라고 있는 생명에게 죄라고 생각되었다.

윤주는 짐 정리를 대강 마무리 짓고 오후에는 골목마다 돌아다니며 과외 홍보 전단지를 전봇대에 붙였다. 어느덧 잿빛 노을이 어스름히 내려앉았다. 그렇게 회사를 그만두고 살 길이 막막해졌을 때, 대입 학원을 다니는 선배의 권유로 초등학생 과외를 시작하게 되었다. 그녀는 대학 때 교편을 잡고 싶은 꿈을 갖고 있었다. 졸업하면서는 교용 시험도 치렀다. 아이들을 가르치는 일이 적성에도 맞았다. 잘만 가르치면 회사원보다 수입도 더 나았다.

태안 포구에서 살던 시절에는 덕수가 바다에 나가 일을 해서 먹고 살았다. 그러나 그녀는 거기서 그렇게 오래 지내리라고는

 나 괜찮아요, 뒤돌아보지 마세요

생각지 못했었다. 하지만 막상 갈 곳이 없었다. 그렇게 한두 해가 지났다. 죽을 것만 같던, 아니 죽음을 택하리만큼 열병처럼 앓던 사랑도 어느새 세월 속에 사그라지고, 비릿한 소금기내 나는 포구에서 지내는 게 갑자기 숨 막힐 정도로 답답했다. 덕수는 바다에 나갔다 돌아오면 지친 몸을 달래려고 술로 몸을 풀고 잠들곤 했다. 그때만 해도 덕수는 그녀의 말에 매우 순종적이고 그녀의 눈치를 보곤 했다. 그에게 윤주는 마치 꿈속에나 나오는 우렁이 각시였다.

그렇게 태안 포구에서 지내던 어느 날, 윤주가 밤늦게까지 돌아오지 않는 사건이 일어났다. 덕수는 마치 정신 나간 사람처럼 온 동네를 뒤지고 다녔다. 그는 언젠가는 그녀가 자기 곁을 떠나리라는 것을 감 잡고 있었지만, 그게 현실로 다가오자 마음이 그렇게 아플 수가 없었다. 마을에서도 덕수를 서울 색시하고 산다고 흉 반 부러움 반 시선으로 쳐다보았다. 그는 마을 사람들의 시선을 온몸으로 느끼면서도, 한편으로 그녀가 옆에 있는 것만으로도 행복해 했다. 그런데 그날 밤 그녀가 없어진 방안이 그렇게 휑해 보일 수가 없었다. 사람이 드는 것은 티가 안 나도 나는 것은 티 나는 법. 그녀가 없어진 집은 텅텅 빈 것 같은, 허허롭기가 이를 데 없었다. 그녀의 자리가 컸던 것이다.

온 마을을 뒤지고 다니던 덕수가 지친 몸으로 마루 난간에 앉아 눈물 콧물 흘리고 있는 늦은 밤, 윤주가 주섬주섬 마당 안으로 들어섰다. 마치 꿈속에서 그녀가 걸어 나오는 모습이었다.

그는 달려가 꿈인지 생시인지 모를 만큼 그녀의 발아래 엎드려 울었다. 윤주는 발아래 엎드려 우는 덕수를 보며 빠져나갈 수 없는 늪에 든 묘한 감정에 사로잡혔다. 그녀는 답답한 마음을 달래려고 포구를 떠나 면 내로 바람을 쐬러 나갔었던 것이다. 그제야 덕수는 그녀가 얼마나 몸서리치며 이 포구에서 밖으로 나가고 싶어 했는지 알게 되었다.

그 사건 이후 덕수는 서울로 상경하는 윤주를 따라 나섰다. 처음에 그는 선뜻 서울로 갈 엄두를 내지 못했다. 바다에서 자란 놈이 해온 일이라고는 거친 파도와 바람과 싸우면서 그물을 끌어올리는 것뿐. 도시로 나간다는 것은 생각도 할 수 없었다. 그러나 사람의 끌림은 참 이상하게도 자신의 운명을 바꾸어 버리기도 한다. 덕수는 그녀가 자신과는 격이 어울리지 않는 사람이라는 사실을 매번 느끼면서도, 포구에 바닷바람이 쓸쓸하게 불어오면 결코 그녀를 놓지 못했다. 그녀를 끌어안지 못해도 그녀 곁에 있는 것만으로 그는 좋았다. 그는 그녀가 자신의 운명의 늪이라는 것을 까마득히 모르고 있었다.

 나 괜찮아요,
뒤돌아보지 마세요

4
회상

올 것 같지 않던 세월도 그렇게 오가고, 바람은 언 대지에 몸을 풀듯 훑고 지나간다. 그러면 자연은 또다시 생명을 잉태하고, 죽었던 생명을 움트게 한다. 봄이다.

김 여사는 회갑연회 내내 입가에 미소를 띠고 있었다. 십년 만에 돌아온 큰아들 동우 때문이다. 아들을 보고 싶은 어머니의 마음이 누군들 다를까. 큰아들 옆에 정민이 함께 있다는 것이 김여사로서는 마음이 놓였다. 하지만 김 여사의 표정과는 달리 한 회장의 표정은 내내 굳어 있었다. 동우와는 눈도 마주치지 않았다.

지난겨울은 추웠지만 그래도 계절은 쉼 없이 피어난다. 매서운 추위를 벗어 버리고 생명을 움터내는 봄이 온다는 게 이렇게 힘든가 싶었다. 춘분이 지나 꽃봉오리를 맺은 목련이 하얗게 피어났다. 간간이 닥쳐오는 꽃샘추위는 매서웠다. 고희를 훌쩍 넘긴 한 회장은 아직도 체격이 건장하다. 아직 쌀쌀한 이른 봄인데도 한 회장은 정원에서 관상목 가지들을 정정하고 거름도 주고 있었다.

"날이 아직 추운데 좀 이따가 하세요."

뒤에서 물끄러미 바라보던 동우가 덤덤한 표정으로 한 마디 붙였다. 네까짓 게 뭘 아냐는 듯 한 회장은 대꾸도 없이 하던 일을 계속했다. 겨우내 나무가 얼지 않도록 보온을 위해 둘러쌌던 짚들을 걷어냈다. 가지치기는 봄이 오기 전에 해야 좋다. 나무들이 꽃을 피우기 위하여 얼마나 힘들어하는지 알고 있다. 동우는 아버지가 왜 그렇게 자신한테 냉담한 감정을 토해내는지 알 수가 없었다. 한 회장은 세월이 그렇게 지났는데도 큰아들 일이 못내 아쉬웠던 것일까. 아직도 마음을 열지 못하고 있었다. 아니면 속으로 그렇게 갈망하던 마음을 숨기고 있는지도 모른다. 한 회장은 정정 가위를 거두고 빨간 목장갑을 벗으며 동우와 눈도 안 마주치고 그 앞을 지나 집안으로 들어갔다. 동우도 말없이 안으로 따라 들어갔다.

자수성가한 한 회장은 지금은 건설업계 중견 사업가가 되었지만, 처음에는 보따리 장사로 시작했다. 시골에 살면서 큰 도시에서 물건을 떼어다 팔고, 농촌에서 나는 농산물을 도시로 실어다 팔았다. 하지만 젊었을 때는 그다지 순탄하지만은 않았다. 물건을 대어 준다고 해놓고 다른 물건을 준다든가, 아니면 돈만 떼이고 사라지는 경우도 허다하게 겪었다. 그러다가 아이들이 자라면서 집을 가져야겠다는 생각이 절실해져 시골에다 집을 지었다. 그런데 뜻하지 않게 그 새로 지은 집을 사겠다는 사람이 나섰다. 결국 지은 값의 두 배로 팔고는 서울로 상경해서 건설업에 뛰어들었다. 건설업 경기가 좋았던 그 당시에는 지어놓기만 하면 집이 나가곤 했다. 단독 주택에서 빌라로, 아파트로, 건설업에서는 그런 대로 탄탄대로였고 운도 좋았다.

그런데 한 회장과 동우의 관계는 그만큼 수월치 않았다. 처음부터 그런 건 아니다. 동우는 어려서부터 아버지의 신임이 두터웠다. 동우는 공부도 곧잘 했지만, 스포츠맨이어서 항상 친구들과 잘 어울려 다니고 친화력과 통솔력도 있었다. 그래서

 괜찮아요,
뒤돌아보지 마세요

아버지는 사업이 커질수록 그놈이 자기 곁에 있으면서 사업을 이어갈 것이라고 생각했다. 그런데 그가 음대를 가고 나서부터 아버지와 관계가 소원해지기 시작했다. 한 회장은 동우가 법학이나 경영학을 전공하기 바랐다. 그러나 동우의 꿈은 아버지의 꿈과 달랐다. 한 회장이 결정적으로 동우에게 등을 돌린 이유는 그가 졸업하자마자 바로 아버지가 반대하는 윤주와 그들만의 조촐한 결혼식을 올렸기 때문이다.

시골 읍내에 있는 피아노 학원을 다닌 것이 동우의 인생을 바꾸어 놨다. 읍내 오일장날 동우는 엄마를 따라 장을 보러 갔다. 거기서 엄마는 피아노 학원을 개업한 지 얼마 되지 않은 친구를 만나게 되었는데, 자격지심 때문에 뜻하지 않게 동우를 피아노 학원에 보내게 되고 말았다. 친구 앞에서 구질구질한 형편이 아님을 엄마는 내세워보려 했던 것이다.

다음날부터 동우는 속절없이 피아노 학원을 다녔다, 그는 피아노 학원에 다니는 것을 탐탁지 않아 했다. 학교에서 계집애랑 논다고 놀림을 받았기 때문이다. 어린 동우는 한 달만 다니고 어떤 핑계를 대고서라도 그만두기로 마음먹었다. 음악적 소질이 있는 것도 아니었다. 그런데 동우는 그 피아노 학원에서 같은 저학년인 서윤주를 만나게 되었다. 그때 이후 그는 가족이 전부 서울로 이사 가기 전까지 줄곧 그 피아노 학원을 다녔다.

동우는 예쁘장한 윤주를 보자 대번에 마음이 사로잡혔다. 읍내 면사무소에 다니는 주사인 윤주 아버지는 그녀를 피아노 학원에 보낼 만큼 형편이 부유하지 않았다. 노처녀인 피아노 학원 원장이 윤주의 막내 이모였는데, 거기서 윤주는 학교가 끝나면 이모를 도왔던 것이다. 동우는 학교를 파하기가 무섭게 학원으로 달려가곤 했다. 피아노를 배우러 간다기보다는 윤주와 같이 있고 싶은 까닭에 일요일에도 나가는 열성을 보였다. 서울로 이사 갈 때도 동우는 윤주와 헤어지기가 못내 아쉬워서 엄마에게 자기는 여기 남아 살겠다고 땡강을 부리기도 했다.

그는 윤주 앞에서 피아노를 칠 때만큼 좋은 게 없었다. 서울로 이사 온 동우는 피아노를 계속했는데, 뜻하지 않게 자신에게 음악적인 소질이 있다는 것을 알게 되었다. 그는 윤주 앞에서 피아노를 치던 기억에 젖어 그녀를 그리면서 피아노를 쳤다. 언젠가 윤주 앞에서 피아노를 다시 칠 수 있으리라는 꿈을 꾸며 피아노를 쳤고, 결국 음악을 전공하게 되었던 것이다. 하지만 한 회장은 동우가 경영학을 공부해서 자기 곁에서 사업을 이끌어가기 바라는 마음 변치 않았다. 자신의 만류에도 끝내 음대를 지원한 동우를 한 회장은 그 후 거의 보지 않다시피 했다. 동우는 그렇게 아버지와 멀어져갔다.

 나 괜찮아요,
뒤돌아보지 마세요

5
추억

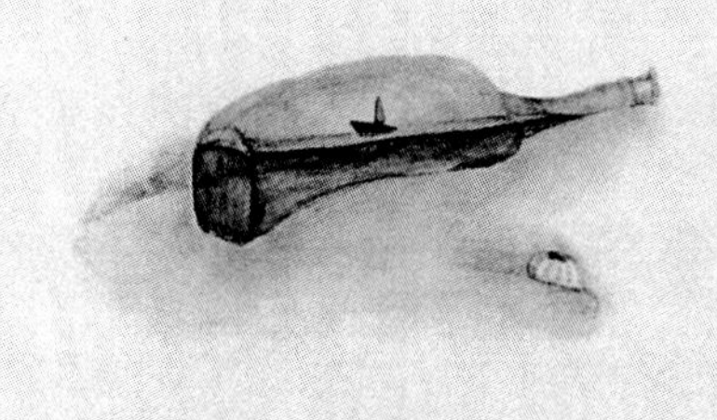

정민은 일단 동대문과 남대문의 의류 업체를 둘러보기로
했다. 올 봄엔 또 어떤 트렌드가 대세를 이룰 것인지 알아보기
위해서였다. 그런데 유행이란 정말 뜻하지 않은 사소한 것에서부터
불붙어 타오르는 경우가 있다. 그렇기에 사소한 것 하나 놓치지
않으려 했다. 예전에는 남대문이 유행의 트렌드를 이끌었었는데,
불과 몇 년 전부터는 동대문이 주도하는 분위기였다. 국내
패션의 경향은 하루가 다르게 변화했다. 미국에서 불과 세 달만
있다가 들어와도 동대문의 변화를 눈으로 피부로 느낄 수 있었다.
정민은 집에만 있는 동우를 데이트 겸해서 끌고 나오다시피
했다. 그는 정말 오랜만에 서울 시내에 나와 본다. 정민이 의류
업체를 둘러보는 동안 그는 엄마 뒤를 따라다니는 아이처럼 졸졸
따라다녔다. 그러다 이내 지쳐 버렸다.

한참 윈도쇼핑에 정신이 팔려 있던 정민이 갑자기 뒤를
돌아보았다. 동우가 사라졌다. 그제야 그녀는 아차 싶었다.
부랴부랴 미로 같은 오던 길을 되돌아 찾아 나섰다. 동우는 쇼핑몰
입구 벤치에 태평스럽게 앉아 있었다. 정민이 허둥지둥 급히 돌아
나오는데, 얼핏 웃음 짓는 모습이 스쳐지나갔다. 다시 고개를 돌려
그쪽을 보는데, 동우가 정민을 보며 반갑게 웃는다. 정민은 잔뜩
성난 표정으로 다가서는데, 그는 어이없게도 천진하게 미소만 띠고
있었다. 화를 낼 수도 없었다. 그러면서 그는 자기 걱정 말고 계속
일을 보라고 했다.

정민은 자기 일은 그만두고 동우를 위한 나들이로 바꾸기로

했다. 그렇다고 그를 위한 특별한 나들이가 있을까마는, 그래도 오늘은 모든 일을 덮고 그와 시내를 둘러보기로 마음먹었다. 십년 만에 찾은 한국 땅인데 그간 잊었던, 가물가물한, 짜 맞추기 퍼즐 같은 기억의 파편들이 되살아날까 싶어서였다.

그동안 서울은 많이 변해 있었다. 예전에 왕복 8차선으로 차들이 달리던 광화문 네거리가 이제는 광장으로 변했다. 그전에는 이순신 장군 동상 하나뿐이었는데, 이제는 세종대왕 동상이 있으니 이순신 장군은 심심하지 않을 거라고 농담 삼아 얘기했다. 그러자 그녀가 청아한 목소리로 깔깔대며 웃었다. 덕수궁 돌담길도 그렇고, 그전에는 그렇게 크게 보였던 정동 길 극장과 예배당도 이제는 예전 같지 않게 작아 보인다. 동우는 자기가 큰 것 같은 느낌을 받았다. 변할 것 같지 않았던 명동의 자유수호 성지인 명동 성당도 변한 것 같지 않지만 변해 있었다. 과거의 시간과 현재의 시간이 동일한 공간 속에 있는 것 같지만, 그 공간은 세월만큼이나 변해 있었다.

동우는 걷다가 갑자기 군것질 노상을 향한다. 몇 걸음 뒤에서 다른 곳을 보며 연신 동우에게 말을 걸던 정민이 돌아보니 동우가 잠시 시야에서 사라졌다. 이내 어묵 꼬치를 먹는 동우를 발견하곤 놀란 눈으로 얼른 동우를 말린다.

"안 돼! 먹지 마! 이런 데서 이런 거 먹지 말고, 좋은 곳에 가서 맛있는 거 먹어요."

 나 괜찮아요,
뒤돌아보지 마세요

정민이 어묵 꼬치를 뺏으려 드는데 동우가 새 어묵 꼬치를 정민에게 권한다.

"이거 맛있어요, 먹어 봐요."

"싫어요."

정민은 얼른 어묵 꼬치를 도로 넣고는 값을 치르더니, 잔돈은 받지도 않고 동우를 낚아채서 자리를 떴다.

"아니, 이게 어때서요?"

노점상 주인이 그 어묵 꼬치를 한 입 베어 물고는 어이가 없다는 듯 불쾌한 표정으로 쳐다본다.

"맛만 좋은데."

동우는 그녀에게 끌려가면서도 갑자기 옛날 언젠가 누군가와 왔었던 것 같은 길, 누군가와 같이 즐겨 먹었던 것이라는 생각이 어렴풋이 떠올랐다. 정민은 서울 광장에 있는 호텔 레스토랑으로 그를 끌고 들어갔다.

시청 광장이 한눈에 들어왔다. 옛 서울시청 앞에는 차들이 분수대 주위를 돌아가곤 했었는데, 지금은 파릇한 잔디가 깔려서 봄을 맞이하고 있었다. 간간이 잔디에 누워서 봄 햇살을 만끽하는 젊은 남녀들도 보였다. 젊음은 그런 것 같았다. 봄 햇살의 따가움이란 그들에게는 피해야 할 아무런 이유가 될 수 없었다. 비 내리면 비를 맞고도 서로의 팔짱을 끼고 가는 게 젊음일 것이다.

레스토랑에서 그녀와 점심을 먹는 동안 동우는 광장의 풍경을 바라보면서 자신도 저들처럼 저렇게 행복한 때가 있었을까 생각하고 있었다.

"뭘 봐요?"

정민이 그의 시선을 좇으며 묻는다.

"어? 아네요."

동우가 시선을 걷으며 미소로 답한다.

"앞으로는 거리 노점상 음식 같은 거 먹지 말아요."

"……."

동우는 아무 말 하지 않았다. 정색한 그녀의 얼굴에서 그는 아주 싸늘한 감정을 읽고 있었다.

"그거 보니까 옛날 생각나는 거 같아서, 그래도 맛있던데."

"비위생적이야, 불결해. 근데 왜 안 먹어요? 맛없어요?"

"아네요."

"근데 왜 남겨요?"

"배불러요, 많네."

"그래도 많이 먹어야 힘내서 이제부터 동주랑 같이 일도 하고 그러죠."

동우는 그 말에 시무룩해졌다.

"왜요?"

"아뇨."

"……, 저기 동우 씨? 저기, 나 하나 묻고 싶은 게 있는데……."

동우가 그녀를 물끄러미 바라보았다. 정민은 동우를 바라보다가 그녀의 성격처럼 단도직입적으로 물었다.

"결혼하고 싶지 않아요?"

"……, 결혼요?"

동우는 생뚱맞은 표정으로 정민을 바라보았다.

"예, 결혼! 동우 씨도 이젠 결혼해야 되지 않아요? 언제까지 이렇게 혼자 살 수는 없잖아. 안 그래요?"

그녀의 표정은 사뭇 진지했다. 동우는 결혼 생각을 이렇게 심각하게 해본 적이 없었다.

"나 동우 씨랑 결혼하고 싶어요."

정민은 이미 작정한 듯 동우를 빤히 바라보며 내뱉었다. 그녀의 시선을 피하는 동우에게 재차 확인하고 싶어서 말문을 박는다.

"나 좀 봐요. 나 미국에 있을 때부터 동우 씨랑 결혼하고 싶다는 생각 하고 있었어요. 결혼해요, 우리!"

동우는 그녀가 좋기는 하지만 결혼까지는 생각을 안 해봤다. 그녀는 미인이고 성격도 쾌활하고, 도도하고 뒤끝 없고, 야무지고 경제적인 능력도 있는, 어느 한 곳 나무랄 데 없는 여자다. 하지만 동우는 아직까지 그녀와 결혼할 생각은 해본 적 없었다.

정민은 예전에 그와의 정혼 얘기가 오간 것을 알고 있었다. 그러나 혼인 얘기가 오갈 뿐 정작 두 사람이 만나본 적은 없었다. 한 회장은 사업을 확장하려고 무진 애를 써왔다. 그러던 중 건설업계의 선두인 최정민의 부친과 인연을 맺어보려고 동우와 정민을 결혼시키고 싶어 했다. 동우는 그것을 기억하지 못했지만, 정민은 그 혼담을 알고 있었다. 아버지끼리 오간 혼인 얘기였다.

하지만 두 사람은 정작 다른 사람을 마음에 두고 있었다. 정민은 주위에 항상 남자가 있었다. 그리고 언제나 그렇듯 그녀의 남자는 그녀의 성격을 늘 버거워하다가 마침내 말없이 떠나갔다. 자존심이 강한 그녀도 떠나가는 남자에게 매달릴 생각을 하지 않았다. 그런 차에 그녀는 미국 유학길에 올랐고, 거기서 섬유 디자인을 하다가 의류 디자인 쪽으로 전향하면서, 한국에는 본점을, 미국에는 지점을 두고 사업을 번창시켰다. 거기서 스키 사고로 재활치료를 하는 동우를 만나게 되었던 것이다.

6
화해

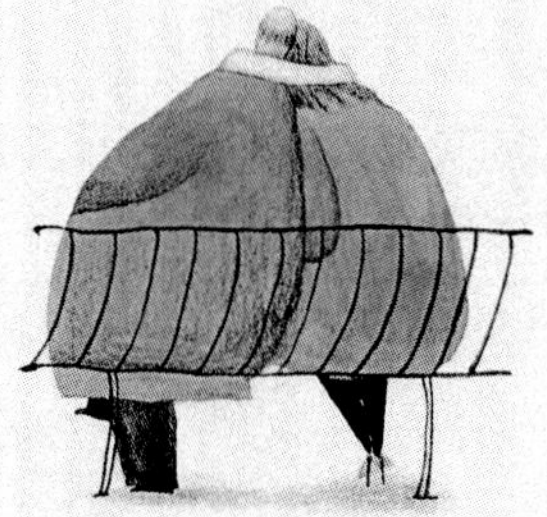

동우는 이제 어느 정도 혼자 나들이할 수 있을 만큼 기억력을 회복했다. 그는 오랜만에 동생을 만나기 위해 한 회장 사무실로 찾아갔다. 동생은 건설 현장에 나가고 없었다. 그는 늘 바쁜 것 같았다. 쉬는 날에도 그를 보기란 좀처럼 쉽지 않았다. 항상 거래처 사람들을 만나거나 건축재료 단가를 조정하고, 현장에서 위험한 사고가 나거나 하자가 생기면 그 일로 쫓아다녀야 했다. 동우는 봄빛이 따사로이 내리는 날 동주와 점심을 하고 싶었다. 기획실에 근무한다고 해서 사무실에만 앉아 있을 줄 알았는데 오늘도 나가고 없다. 돌아가려고 복도에서 엘리베이터를 기다리는데 한 회장이 회사 임원들과 나오고 있었다. 그는 한 회장을 보자 꾸벅 인사를 했다. 임원들이 동우를 알아본 듯 깍듯이 인사를 하며 그에게 알은체를 했다.

"동주 보러 왔냐?"

한 회장이 처음으로 그에게 입을 열었다.

"예."

"걔는 지금 현장에 가 있을 거다."

"예."

잠시 침묵이 흘렀다. 동우는 엘리베이터가 오르는 층수를 보고 있었다. 문이 열리자 한 회장이 엘리베이터에 오르려다 문득 동우를 보며 말했다.

"점심은?"

"네? 아직."

“그럼 같이 먹든가?”

“예? 아! 예에.”

동우는 잠시 망설이다가 얼떨결에 수락했다. 오랜만에 맛보는 다정한 아버지의 목소리였다. 한 회장이 먼저 오르고, 동우는 뒤에서 멈칫거렸다.

“안 타고 뭐해?”

동우가 엘리베이터에 오르자 임원들이 뒤에서 인사를 했다. 문이 닫혔다.

“마셔라.”

한낮인데 한 회장은 동우에게 일본 술을 권했다. 동우는 양손으로 받아들고는 고개를 돌려 단숨에 들이켰다.

“자, 받아.”

다시 한 회장은 한 잔 더 따라 주었다. 동우는 순순히 잔을 받아들었다. 한 회장은 아들 잔을 채워준 후 자기 잔에도 술을 채우고 잔을 들었다.

“동주가 너 없는 동안 회사를 위해서 힘 많이 썼다. 아나?”

“네, 알아요.”

한 회장은 오랜만에 마주한 동우에게 마음이 동했는지 한잔 따라보라며 잔을 내밀었다. 동우는 공손히 아버지 잔에 술을 따랐다.

“어떠냐? 너도 이젠 정민이와 결혼해서 동주하고 같이 일하면 좋지 않겠냐?"

그러나 동우는 어떠한 확답도 못 한 채 시선을 내리깔고 있었다.

"물론 정민이는 고생을 모르고 곱디곱게 자란 아이다. 어떻게 보면 철없고 분간 잘 못 하고, 그렇게 보일 수 있어. 하지만 구김살 없고 어디서나 당당하잖니."

"도도하죠."

그는 약간 비아냥거리는 투로 말했다.

"허허, 그건 그렇지. 니가 그 애한테 물린 건 뻔하지. 하지만 그 애는 사업적인 기질이 있는 아이야. 또 최 회장과 우리가 합치면 국내에서는 그 어느 놈도 우리를 당할 자가 없을 거고!"

한 회장은 자신에 찬 어조로 아들을 설득하려 했다. 그러나 동우는 정민 자신에게서도 프러포즈를 받았지만 아직 그녀와의 결혼에 대해서는 어떤 감도 떠오르지 않았다. 어떤 생물학적인 결함이 있어서가 아니라, 아직 동우는 결혼이라는 것에 대해 마음이 동하지 않았던 것이다, 정민이라는 여자를 보면서 결혼하고 싶다는 마음이 든 적은 없었다. 그냥 좋은 친구 정도였다.

"동우야, 세월은 그냥 작대기로 받아둔 것이 아니다. 알겠니?"

"아버지, 전요, 정민 씨가 그냥……."

"동우야!"

한 회장은 결연하지 못한 동우의 말허리를 잘랐다.

"너! 아직도 윤준가 뭔가 하는 시골 아이를 생각하는 거냐!"

한 회장은 버럭 소리 질렀다.

동우의 동공은 잠시 한 곳에 초점이 멈춰졌다. 윤주? 대체 윤주가 누구지? 눈은 아버지를 보고 있으면서도 머릿속은 온통 과거 기억들의 파편 조각을 떠올리고 있었다.

"네가 우리들 몰래 윤주와 결혼하고 유럽서 스키 사고를 당했을 때 너는 이미 죽었었다. 알겠니!"

동우는 무언가 둔탁한 무기로 머리를 얻어맞는 느낌이었다. 내가 결혼을 했다고? 누구지? 대체 윤주라라는 여자는 누구야? 생각을 해보려 했지만 그 여자 얼굴이 안 떠올려졌다. 한 회장은 동우의 표정과 감정 따위는 아랑곳하지 않은 채 잠자고 있던 깊은 옛일을 말해 버렸다.

"너는 이미 그때 죽고 없다! 알겠냐? 그러니 여기 현재에 존재하는 너는 다른 한동우다 말이다. 그러니 제발 다른 생각 같은 건 하지 마라! 이게 내가 너한테 주는 마지막 기회다!"

한 회장은 그의 괄괄한 성격만큼이나 강단 있는 단호한 어조로 말했다.

"……제가 결혼을 했었다구요?"

생뚱맞은 표정으로 동우는 반문했다. 정말이지 그 말이 믿기지 않았다. 믿을 수가 없었다.

"그래! 그 촌구석 면사무소에 다니는 주사 집 딸이랑 말이다. 알겠냐?"

아! 내가 그랬었구나. 그제야 수면 밑에 가라앉아 있던 기억들이 아지랑이처럼 스멀거리며 물 위로 떠오르기 시작했다. 그럼 대체

 나 괜찮아요,
뒤돌아보지 마세요

그녀는 어디 있다는 거지? 어디서 뭘 하기에 나를 찾아오지 않는 걸까? 동우는 여러 가지 생각이 번잡스럽게 오갔다.

"스키 사고요?"

"그래! 스키 사고다! 그 사고가 어떻게 난 것인지는 잘 모르겠다. 하지만 보나마나 안 봐도 뻔하지 뭐! 네 그 질주 본능이 거기서도 무리하게 작동했던 걸게야! 거기다 불행히도 눈사태가 났었다. 사고가 나고 찾을 수가 없어서 처음에는 실종 처리되었지. 유럽의 악천후 기후 때문에 너를 한동안 찾지 못했었다."

아! 내가 그랬었구나. 한 회장은 말을 계속 이었다.

"한 달이 지나도 연락이 없기에 우린 너를 포기하려 했었지."

"그런데요?"

"뭐가 그런데요야! 그래도 하늘이 널 도왔는지, 어느 농가에서 눈 속에 파묻힌 널 구해서 살렸더라. 다행히도 독일 한국 영사관에서 너를 찾았다는 연락이 왔었다. 그때까지도 너는 아직 깨어나지 못하고 있었어."

동우는 그제야 자신의 잊어버린 존재에 대해서 안개가 걷히고 정체를 알게 되는 것 같았다. 그러나 그 윤주라는 여자에 대해서는 아무것도 떠오르지 않았다.

7
고백

공원 진입로에 개나리가 노랗게 피었다. 연달아 하얀 목련이 순을 피워 올렸다. 삼월은 죽은 땅에서 생명을 피워 올린다. 지난 가을 그토록 아름답게 피었던 억새도 앙상하게 죽은 껍데기만 남았었는데, 어느새 그 밑에서 연한 초록 새순들이 피어 올라오고 있었다. 햇살은 노란 병아리같이 뽀송뽀송 마당에 내려앉았다. 동우는 창밖으로 마당에 피어오르는 아지랑이를 내려다보고 있었다. 아버지가 얘기한 윤주라는 여자에 대해서 곰곰이 생각해 보아도 생각나는 것이 없다. 그는 방안을 서성거리다가 무엇인가 생각난 듯 책장에서 앨범을 찾아 꺼내 뒤지기 시작했다. 그러나 윤주라고 생각되는 단서는 하나도 없었다. 그때 노크 소리가 들리고 문이 열리며 정민이 들어왔다.

"뭐 해요?"

정민은 몇 권의 앨범이 널브러져 있는 것을 보고 동우에게 물었다.

"뭘 찾아요?"

"어? 아뇨."

그제야 동우는 정민을 보고는 앨범을 닫으며 애써 태연하게 그녀를 바라보았다.

"뭘 찾는데요?"

"그냥……."

"지난 과거? 잃어버린 것들?"

정민이 웃으며 계속 말했다.

"어때요? 그 과거의 앨범 속에는 동우 씨 살아간 흔적들이 남아 있었나?"

"근데 웬일예요, 여긴?"

"웬일은, 회장님이 우리 결혼 얘기하셨다면서요?"

동우는 대꾸하지 않았다.

"나가요."

"어디요?"

"강남에 가서 보게. 웨딩샵도 보구, 이것저것 보구 그러게요."

정민은 동우를 옆에 태우고 청담대교를 달렸다. 그녀는 쉬지 않고 드레스 얘기며 폐물 얘기를 했다. 그러나 동우의 시선은 다른 생각을 하고 있는 듯했다.

"……들어요?"

정민이 앞을 보다가 동우를 보며 묻는다.

"응?"

그제야 제 정신이 든 듯 정민을 본다.

"이제까지 내 얘긴 안 듣고 있었죠? 뭐야, 무슨 생각해요? 나 정말 그 속이 궁금해요, 대체 어떤 생각을 그렇게 하는지."

동우는 이 얘기를 할까 말까 내심 망설이다가 결국 토해낸다.

"저기, 내가 결혼했었다는 사실 알아요?"

"응?"

이게 무슨 뚱딴지같은 소리인가. 농담처럼 들리는 그의 말에 정민은 귀를 의심하듯 재차 묻는다.

"뭐라구요?"

"……내가 결혼했었다는 사실을 아냐구요?"

정민은 동우를 봤다가 시선을 앞으로 돌렸다가 하며 믿을 수 없다는 모습이었다.

"뭐? 겨, 결혼요? 동우 씨가?"

"……."

정민은 차를 한강 고수부지 앞에 세웠다. 차안의 두 사람은 한동안 말없이 한강만 바라보고 있었다. 동우는 아무 말 없이 시선을 앞으로 고정시키고 있고, 정민은 아무 말도 하지 않는 동우를 충격에 싸여 바라보았다. 정적을 깨며 말문을 연 것은 정민이었다.

"그래서 아까 앨범들을 뒤져본 게, 그것을 찾아보려고 했던 거예요?"

"……예."

동우가 끄떡이며 말을 이어갔다.

"그런데 정말 아무 생각도 안 나요. 내가 어떤 여자를 좋아했고 결혼했었는지."

그녀는 할 말을 잃어버렸다.

"나도 이 사실을 몰랐어요. 그런데 이 사실을 알게 된 이상 정민 씨도 알아야 될 것 같아서요……."

"그럼 회장님이랑 가족들도 다 알고 있었고, 나만 모르고 있었나 보네?"

그녀는 격앙된 어조로 흥분을 했다.

"……아니, 그렇진 않은 것 같아요."

동우는 어떻게 답을 해야 할지 망설이는 눈치였다.

"무슨 말이에요?"

정민은 동우를 바라보며 더욱 알 수 없다는 표정을 지었다.

"아버지 말로는 우리들만 했다더군요."

그녀는 어이가 없다는 듯 목덜미를 운전석 의자에 기댄다.

"가족들이 반대하는 결혼을 했나 봐요."

정민은 그제야 까마득한 옛일의 기억을 떠올렸다.

"아, 그래. 그 얘긴 나도 얼핏 들었던 기억이 나요……. 참 어이가 없네요. 이게 말이 된다고 생각해요?"

"네, 정말 말도 안 되는 이야기죠."

"그럼 그 여자는 어디 있는데요?"

정민은 동우에게 바싹 다가서며 물었다.

"동우 씨가 이렇게 살아 있다는 거 알았으면 지금이라도 한번쯤은 들렀어야 하는 게 아네요?"

"……실은 나도 그게 궁금해요. 미국서 오면서 우리 집이나 가족들 얼굴은 보면 내 가족이구나 하는 생각이 나는데, 내가 결혼한 여자인데, 정말 하얀 백지처럼 아무 생각이 안 나요! 진짜 미칠 것 같아요."

"동우 씨! 생각이 안 나서 미칠 것 같은 거예요? 아님 그 여자를 못 잊을 것 같아서 미칠 것 같은 거예요?"

그는 갑자기 뜻하지 않은 그녀의 질문에 맥없이 아무 말도 하지 못했다. 아, 정말 나는 그 여자가 생각이 안 나서 이렇게 미칠 것 같은 것일까, 아님 누군지 모르지만 정녕 그녀를 못 잊는 것일까!

오전에 나왔는데 점심이 훨씬 지나 있었다. 정민은 오늘 그와 나오면서 잡았던 스케줄대로 진행할 수가 없었다. 점심도 먹을 수가 없었다. 그러나 동우 때문에 하는 수 없이 그녀가 잘 가는 강남의 레스토랑으로 차를 몰았다.

"……어떻게 할 건가요?"

스푼을 놓으며 동우가 먼저 말을 걸었다. 정민은 선뜻 대답하지 못했다. 이미 과거의 지나가버린 연애, 아니 결혼에 대해, 지금 와서 그것 가지고 옹졸하게 구는 것은 좀 그렇다. 그렇다고 아무 일 없는 것처럼 태연하려니 왠지 꺼림칙하다. 한동우라는 남자가 사랑하는 여자하고 결혼까지 했다는, 집안 반대가 심해서 둘만의 결혼을 했다는 이야기다. 얼마나 두 사람이 사랑했으면 저렇게 착하고 순한 남자가 성미가 강한 아버지와 가족에게 등까지 돌리고 결혼을 했을까 말이다. 여기까지 생각하니 정민은 오금이 떨려왔다. 그렇다고 그와의 결혼을 없던 일로 하자니 그를 이미 사랑하고 있었다. 그녀가 이렇게 한 남자에게 오래도록 매달리고 집착하는 것은 왜일까? 더구나 십 년이라는 세월 동안 그 여자가 한 번도 나타나지 않았다면, 그렇게 반대를 무릅쓸 만큼, 죽을 만큼 열렬했던 사랑은 아니었을지도 모른다. 어쩌면 한때 누구나 열병처럼 지나가는 사랑이었을지도 모른다는 생각이 들었다.

"좋아요, 이미 지난 오래전의 과거인데, 그것 가지고 말꼬리 잡고 싶지는 않아요."

동우는 그녀의 말이 뜻밖이었다. 그녀의 성격대로라면 어림도 없는 일일 텐데 말이다.

"하지만 동우 씨가 앞으로 어떻게 하느냐에 달려 있어요. 오늘처럼 과거의 생각나지도 않는 여자를 찾는다고 이러면, 나로서도 더 이상 어쩔 수 없어요."

그럼 그렇지. 그 성격이 어디 가나 싶었다.

"동우 씨, 나 자존심 다 버리고 동우 씨 사랑한다고 그랬어요. 동우 씬 나 사랑하긴 하는 거예요?"

"……"

동우는 아직 자기의 감정이 어디에 있는지 알 수가 없었다. 그녀의 시선을 피하는데 집요하게 그녀가 물었다.

"날 사랑하냐구요!"

잠잠히 침묵을 지키던 동우가 입을 열었다.

"……솔직히 내가 정민 씨에 대해서 어떤 감정을 갖고 있는지 잘 모르겠어요. 사랑하는 것인지 아니면 그냥 좋은 감정만 있는 것인지. 그리고 정민 씨랑 결혼한다는 것에 대해서는 생각을 안 했던 게 사실이에요."

그녀는 맥 빠진 기분이 턱까지 차올랐다. 속으로 끓어오르면서도 뭐라고 대꾸할 수가 없었다. 그가 언젠가는 이렇게 나올지 모른다고 짐작은 했었지만, 대놓고 이럴 줄은 몰랐다.

“윤주? 그 여자 이름이 윤주래요, 내가 그리워서 그 여자를 찾는 것은 아녜요. 그러나 내 삶에서 잘려나간 기억의 일부분을 가진 여자니까 알아보려는 것뿐예요.”

아! 그런 거였구나. 이 남자는 자기 자신의 삶의 흔적을 찾으려 한 것이었구나!

“그러니까 우리가 조금만 시간을 더 가지고 노력하면 될 것 같아요. 시간을 조금만 줘요.”

그녀는 그에게서 연민을 느꼈다.

“……그래요, 하지만 많은 시간은 안 돼요.”

그녀는 아까보다 마음이 밝아졌다.

8

만남

늦은 오후, 은서의 노란 어린이집 승합 버스가 윤주의 강남 베이커리 앞에서 멈춰 섰다. 윤주는 버스에서 은서를 내려주는 보육 교사에게 꾸벅 인사를 한 뒤, 은서를 안고 뺨을 비비며 입을 맞추었다. 오후에 일하는 아르바이트 여학생이 갑자기 일이 생겼다는 연락이 와서 윤주는 오후까지 매점을 지켜야 했다.

은서는 얼른 베이커리 안으로 들어갔다. 가끔 매장에 나올 때면 은서는 그렇게 신나 할 수가 없었다. 빵을 많이 먹을 수 있어서도 좋지만, 주방에서 아저씨들이 반죽을 하고 빵을 만들 때면, 은서에게 빵을 만들어 보라며 반죽 한 쪽을 뚝 떼어주곤 했기 때문에 더 좋았다. 더구나 자기가 만든 빵이 구워져 나올 때면 그렇게 뿌듯할 수가 없었다. 그래서 엄마가 가게에 가자면 두 말하지 않고 따라나서곤 했다. 은서는 가게에 진열된 빵에 절대로 손대지 않았다. 엄마가 퇴근할 때면 언제나 빵을 가져다주었기 때문에 빵에 대한 욕심이 생기지 않았다. 은서는 곧장 주방으로 달려갔다.

봄 햇살은 유난히 짧았다. 서쪽으로 누운 해가 빌딩 아래로 가라앉고 있었다. 오후가 되면 주방 작업은 끝나고 아저씨들도 다 퇴근했다. 은서는 텅 빈 주방에서 주방장 아저씨가 마지막 빵을 구울 때 준 반죽을 가지고 놀았다. 엄마가 부르는 소리에도 은서는 아랑곳하지 않았다. 저녁 이맘때쯤이면 퇴근하는 손님들로 북적거리는데 오늘은 한동안 손님도 없이 조용했다. 그러던 중에 문 열리는 소리가 났다.

"왜 이리 늦어요?"

윤주는 보지도 않고 주인아저씨인 줄 알고 말문을 열었다.

"우리가 늦은 건가요?"

정민의 소리에 윤주가 깜짝 놀라며 돌아보았다.

"아! 예? 죄송합니다. 저는 아는 사람이 들어오는 줄 알았어요. 죄송합니다, 정말."

윤주는 카운터에서 나오며 정중하게 맞았다.

"여기 빵이 맛있다는 소문이 있어서요. 이쪽에 나온 김에 사가려고요."

정민은 매장 안쪽으로 들어서며 이것저것 살펴보았다.

"그럼요. 여기서 살다가 다른 데로 이사 간 분들도 멀리서 다시 오시곤 해요."

그때 다시 문 열리는 소리가 났다.

"네, 어서 오세요."

윤주는 몸에 밴 사무적인 말투로 문 쪽을 돌아보다가 그만 몸서리칠 만큼 놀란다. 동우가 들어서고 있었다. 순간 윤주는 숨이 헉! 멈춰진 것 같았다. 한동우라는 남자인 것 같았다. 이렇게도 닮은 사람이 있을까? 아니야. 그렇게 시간이 흘렀지만 그 모습 그자태만은 남아 있었다. 죽었다고 들었는데 그가 환생한 것일까?

동우는 들어서서 눈으로 정민을 찾다가 윤주와 마주쳤다. 그 순간 마치 무엇에 홀린 듯 윤주에게 눈길이 딱 멈추었다. 윤주는 마치 시간이 갑자기 멈춰 버린 것 같았다. 숨소리조차 정지한 듯했다. 하마터면 그의 이름을 부를 뻔했다. 동우는 윤주를 알 것 같으면서도 여전히 모르는 듯한 눈길로 바라보고 있었다.

"동우 씨 뭐 먹을래요? 여기 빵이 아주 맛있대요."

정민은 동우 쪽은 보지도 않고 빵을 골라 바구니에 담으며 말했다. 아! 동우라고? 그럼 그 사람이 맞구나! 내 남자였던 그 남자인가! 정말인가? 어떻게 살았지? 죽었다고 했는데. 이렇게 살아 있으면서 왜 나한테는 연락 한 번 안 했을까? 그의 부모님도 이 사람이 죽었다고 했었는데, 이게 대체 어떻게 된 일일까? 그가 이렇게 살아 있다면 나를 모른 체할 리는 없을 텐데. 그럼 저 여자는 누구지? 벌써 다른 여자와 결혼을 했나? 이게 꿈은 아니겠지? 윤주는 아무것도 할 수 없이 몸이 굳어 버렸다. 하지만 머릿속으론 정말 많은 생각이 떠올랐다.

"동우 씨, 아까 점심을 좀 부실하게 먹었더니 빵이 먹고 싶어지네."

정민이 동우를 본다.

"뭐 먹고 싶은 거 없냐고요?"

정민은 빵을 한 바구니 담아 들고 다가왔다. 그런데 동우는 아직도 윤주에게서 시선을 떼지 못하고 있었다.

"왜 그래요? 아는 사람이에요?"

그녀는 동우와 윤주를 번갈아 보며 물었다.

"아, 다 고르셨어요?"

윤주는 동우가 자기를 바라보는 눈길을 걷으며 말했다.

“동우 씨, 정말 먹고 싶은 것 없어요?”

“됐어요, 그냥 먹고 싶은 걸로 해요.”

동우는 아직 윤주에게서 시선을 놓지 않으며 말했다.

아! 그의 목소리가 맞다. 한동우가 맞구나! 윤주는 확신했다. 윤주는 빵 값을 계산하면서도 온통 신경은 동우에게 가 있었다.

“어? 내 계산이랑 틀리네?”

정민이 윤주가 계산한 값과 틀리다며 빵을 다시 꺼내보는데 윤주가 얼른 정정했다.

“네네, 맞아요.”

계산을 끝내고 포장지에 빵을 넣는 윤주의 손끝이 파르르 떨렸다. 그녀는 동우를 바라보았다.

“주세요, 내가 하죠……”

동우는 그녀가 담다가 흘리는 빵을 포장지에 도로 담아 넣다가 윤주의 손길과 스쳤다. 윤주는 얼른 손을 걷으며 파래진 얼굴로 동우를 보았다.

“예, 감사합니다.”

윤주는 동우가 하는 대로 그냥 두었다. 그제야 정민은 의구심 찬 눈으로 윤주를 바라보았다. 동우가 정민을 앞세우고 나갔다. 윤주는 어정쩡한 인사를 건네며 우두커니 서서 동우만 바라보았다. 그때 주방에서 은서가 쪼르르 엄마를 부르며 달려 나왔다. 막 나가려던 동우가 그 소리에 돌아서더니 윤주에게 매달리는 은서를 바라본다. 윤주도 은서를 품안으로 안아 올리며

 나 괜찮아요,
뒤돌아보지 마세요

동우를 바라보았다. 동우는 은서가 윤주에게 매달리는 모습을
보면서 평온한 미소를 지어 보였다. 윤주는 답례라도 하듯 그에게
가볍게 목례를 했다. 동우는 그녀의 목례를 눈길로 받았다.

"뭐해요, 안 가요?"

그때 정민이 부르는 소리에 윤주를 바라보던 동우가 묘한 표정을
지으며 나갔다.

"엄마, 누구?"

"어? 어……."

뭐라고 말할까, 윤주의 머릿속에 여러 가지 생각이 번잡스럽게
오갔다.

"엄마 알아?"

"어어, 아주 예전에 엄마랑 아주 많이 친했던 사람."

"어, 근데 왜 나는 몰라?"

"어, 우리 은서가 이 세상에 태어나기 훨씬 전이었으니까."

강남 대로를 달리는 정민의 차 운전석에는 동우가 앉아 있었다.
동우가 운전을 하겠다고 먼저 제안했다. 밤에 운전하는 것이
여자에게 위험하다는 이유였다. 정민은 그가 운전을 하겠다고 했을
때 사실 사고가 일어나지 않을까 하는 조바심 때문에 운전대를
맡기고 싶지 않았다. 그는 예전부터 스피드광이었다. 바퀴가 달린
것이면 무엇이든지 최고의 시속을 느껴보고 싶어 했다. 그런
그에게서 잠자고 있던 본능의 세포들이 서서히 일어서고 있었다.

그가 유럽에서 당한 스키 사고도 과도한 스피드를 즐기다가 일어난
일이었다.

동우는 운전 내내 한 마디도 없이 정면만 보고 있었다. 아까
베이커리에서 본 윤주를 생각하고 있었다. 정민이 시선을 정면으로
향한 채 말문을 열었다.

"……아까 그 여자 알아요?"

"누구요?"

"아까 빵집에 있던 그 여자 말이에요?"

정민은 의구심이 가는 눈초리로 동우를 바라보며 답을
기다리다가 재차 물었다.

"아는 여자냐구요?"

동우는 아무 대답 하지 않았다.

"동우 씨는 모르지만, 그 여자는 동우 씨를 아는 눈치던데요?"

정민은 모르는 여자라고 잘라 말하지 못하는 동우가 미덥지
못해서 재차 물었다.

동우는 무겁게 입을 열었다.

"……글쎄요, 그 여자 어딘가 익숙한 느낌이 있는데, 그게 뭔지
모르겠어요."

그녀는 무거운 표정으로 정면을 향해 시선을 돌리면서도 개의치
않다는 듯 말했다.

"그래요, 그럴 수 있어요. 처음부터 외국서 살다 온 것도 아닌데
동우 씨 아는 사람이 하나도 없다면, 정말 그거야말로 이상한

거지. 안 그래요? 같은 동네였을 수도 있고 같은 학교였을 수도 있어요……."

동우는 갑자기 학교라는 말에 신경이 곤두섰다. 그래, 어쩌면 학교를 같이 다녔을지도 몰라. 맞다, 학교로 찾아가 볼까 하는 생각에 이르렀다.

사람의 인연이란 몇 십 년, 아니 영겁을 거쳐 온 세월에 걸친 것인데, 그것을 모르고 지난다면 그야말로 정말 이상한 일이 아닐까. 운명이란 영겁을 이어져 내려온 끈이며, 그래서 이승에서 옷깃만 스쳐도 인연이라고 하는지도 모른다. 사고로 기억이 뇌에서 지워졌다 할지라도, 그 인연의 기운 앞에서는 온몸으로 느낄 수 있는 것이 아니겠는가? 그게 하늘에서 씨앗 하나가 땅에 떨어져 꽃을 피울 수 있는 인연인 것이다.

잠든 은서를 안고 버스를 탄 윤주는 아직도 한동우를 본 일이 꿈 같았다. 정말 믿기지 않았다. 그가 살아 있다니. 그런데 왜 나를 모르는 걸까? 결혼은 했을까? 그래, 그 여자랑 했겠지. 그렇다면 그 여자 때문에 나를 모른 체한 것일까? 그러면 왜 나를 찾지 않았을까. 내가 얼마나 기다렸는데, 그 기다림에 지쳐서 죽음을 선택했었는데. 그가 버젓이 살아 있었다면 이것을 어떻게 이해할 수 있을까. 그녀는 온갖 생각에 휩싸여 머리가 번잡해졌다. 갑자기 그와의 옛 기억들이 물밀듯이 올라왔다.

9

캠퍼스의 추억

1997년 IMF에서 금융 지원을 받게 된 해의 겨울은 사회적 쇼크로 상당히 어수선했다. 하지만 그때 처음부터 금융 위기가 우리 사회에 미칠 파장이 클 것이라는 위기감은 그 누구도 느끼지 못했다. 잘 나가던 우리 경제가 갑자기 위축되면서 그 여파가 처음부터 그렇게 크리라고는 실감하지 못했었다. 그러나 그해 정부가 바뀌면서 공포의 경제적 위기가 나타나기 시작했다. 공공기관의 인원 감축과 조기 퇴출이 도미노 현상처럼 나타났고, 그 파급 효과는 그대로 서민들의 경제적 어려움으로 나타났다.

머리를 질끈 동여맨 대학생인 윤주는 도서관 책상 위에 쌓아둔 책과 씨름하고 있었다. 정신없이 책을 보던 그녀가 문득 손목시계를 보고는 놀란 표정으로 입을 벌렸다. 그녀는 오리털 파커를 주섬주섬 주워 입더니 책을 가방에 집어넣고 급히 나갔다. 오후 아르바이트 시간이 다 되었던 것이다. 윤주는 겨울 방학 동안 아르바이트를 두 개나 했다. 면사무소 말단 공무원인 윤주네 아버지도 IMF에 조기 퇴진을 했기 때문에 형편이 어려워졌다. 집에서 보내주는 학비만으로는 서울에서 지내기 힘들었다. 그래서 조금이라도 보탬이 되기 위해 아르바이트를 해야만 했던 것이다. 물론 그녀는 대학을 입학하면서부터는 용돈 정도는 스스로 벌어서 쓰곤 했기 때문에 방학 때 아르바이트를 두세 군데 한다고 해서 그리 어려울 것은 없었다.

대학 2학년 때 입대해서 제대한 동우는 제대한 지 얼마 되지 않아서 짧은 머리를 하고 캠퍼스로 걸어 들어오고 있었다. 오랜만에 맛보는 교정의 숨결이었다. 교정이 많이 변한 것 같지는 않았지만, 변한 부분이 없는 건 아니었다. 무엇보다도 사람들이 바뀌어 있었다. 동우는 복학 신청과 새 학기 수강신청을 하러 음대 과 사무실로 올라가고 있었다. 여자 후배가 동우를 반겼다. 여자 후배는 이제 그와 같은 학년이니 말을 놓겠다고 농을 던지며 으름장을 놓았다. 피아노 학과는 대부분 여학생이었다. 남학생 중 몇몇은 동우처럼 군대를 가거나 유학길에 오르거나 했다. 동우는 교수 사무실로 과 교수님들을 찾아뵙고 있었다. 동우도 이제는 진로를 선택해야겠다는 생각이 들었다. 계속해서 클래식을 할 것인가, 아니면 일반 대중음악 쪽으로 할 것인가. 보통 실용 음악 쪽에서 그쪽으로 많이 가지만, 클래식 쪽에서 실용 음악 쪽으로 가기도 한다. 동우는 아직 이렇다 하게 진료를 정하지 못하고 있었다. 피아노를 전공했다고 해서 연주가로서 공연 연주를 하는 경우는 없다. 그는 그냥 피아노가 좋아서, 윤주 때문에 그녀 앞에서 피아노를 치는 것이 좋아서 음대에 왔던 것뿐이다.

그런데 동우가 음대에 진학한 일이 아버지와 갈등을 일으키게 될 줄은 전혀 생각지 못했었다. 그의 꿈은 피아노를 잘 연주해서 언젠가는 시골에 있는 윤주를 찾아가 그녀 앞에서 피아노를 멋지게 연주하는 것이었다. 그래서 아버지의 뜻을 반하고 그의 길을 선택했던 것이다. 음대 교수나 그의 동료 학생들은 그의 진로에 대해 그리 신경 쓰지 않았다. 왜냐면 그가 열심히 하지

나 괜찮아요,
뒤돌아보지 마세요

않더라도 결국 아버지 회사에 들어가면 된다고 생각들 하고 있었기 때문이다. 다른 학생들과는 달리 동우는 그저 음악을 스스로 즐기려고 하는 거라고들 생각했다.

그러나 동우는 그들의 생각과는 달리 한 회장과 사이가 좋지 않았다. 어떻게 된 일인지 갈수록 멀어지는 느낌이었다. 그가 제대를 했는데도 차가운 아버지의 시선은 여전히 변하지 않았다. 한 회장은 그를 항상 딴따라로 취급했고, 모든 결정권을 동생에게 주었다. 동우는 아버지가 어려서부터 가족들 위에 군림하는 제왕이요, 독선적인 군왕 같다고 생각했다. 자기만 다 옳고 모든 것을 자기 뜻에 따라 하는 아버지가 속으로는 좋게 생각되지 않았다. 그래서 동우는 자신의 꿈과 아버지의 야망이 대립하는 상황에서 자신의 꿈을 좇았던 것뿐이다. 그는 결국 자신이 원하는 음악을 하기로 마음먹었다. 음대에서 자기와 비슷한 경향의 음악을 하는 재원들을 모아서 그룹을 결성하고 음악을 만들어 공연할 계획을 세웠다.

그 길고 잔인한 겨울이 지나고 새 봄이 싹트는 삼월. 꽃샘바람이 캠퍼스의 죽은 잔디를 휩쓸고 지나갔다. 삼월의 캠퍼스는 아직 겨울의 우중충한 풍경에서 벗어나지 못했다. 캠퍼스에 봄의 온기를 불어넣는 것은 갓 입학한 병아리 같은 신입생들의 옷차림이었다. 꽃이 피기 시작하는 봄이라는 계절과 이제 막 올라온 신입생들의 젊음이 피는 시기는 거의 동일한 것 같았다. 생명을 움트게 하는 것은 본질이 같은 듯하다.

동우는 대자보 앞에서 신춘 음악회 포스터를 붙이다가 저쪽에서 또박또박 걸어오는 아리따운 아가씨를 보았다. 그녀는 하얀 블라우스에 검정 스커트를 입고, 그 위에 검정 재킷을 걸치고 있었다. 가슴에 책을 끼고 교정을 걸어가는 그녀가 참 인상적으로 보였다. 동우는 긴가민가하는 표정으로 그 아가씨를 바라보았다. 그녀가 가까워질수록 그의 가슴이 뛰기 시작했다. 그녀가 몇 미터 앞에 다가왔을 때 굳어 있던 그의 표정에 발그레한 미소가 피었다. 서윤주였다. 윤주도 무심코 걸어오다가 자기 앞에서 웃고 있는 남자를 발견하고는 가던 걸음을 늦추며 그를 바라보았다. 그녀도 처음에는 긴가민가했었다. 동우의 미소 띤 표정을 따라 그녀의 얼굴에도 미소가 떠올랐다. 대번에 그가 한동우라는 것을 직감했다.

"서윤주?"

동우는 다가서며 그녀에게 물었다.

"동우 오빠?"

그녀는 고개를 끄떡이며 수줍게 웃었다.

"어!"

그는 수줍기도 하고 너무 좋기도 해서 어떻게 할 줄 몰랐다. 악수를 청해야 할지 포옹을 해야 할지 몰랐다.

"야, 이거 인연이다, 응?"

수줍은 그녀는 아무런 말도 못 했다.

"근데 어떻게 날 알아봤어요?"

"그거야 뭐 대번에 보면 딱 알지, 어딜 가면 내가 널 모를까."

윤주는 기분이 좋았다.

"근데 어떻게 된 거야? 시골에 갔더니 너네 집은 이사 갔고, 이모네 피아노 학원은 없더라."

"그럼요, 그게 언젠데. 우리는 이사 갔어요. 이모는 늦게 시집가서 피아노 학원을 그만두셨구요."

"아아, 아버진?"

"으. 퇴임해서 잘 계서요."

"진짜 이렇게 거리에서 만나기도 힘든데, 인연이다 그치?"

윤주는 미소로 답했다.

"그러니까 간절함은 언젠가는 이루어지게 되어 있어."

"오빠 나 찾았어요?"

"으, 넌?"

그녀는 말이 없었다.

"야, 실망이다. 군대서 휴가 나올 때 몇 번 시골에 갔었어, 넌 나 보고 싶지 않았구나?"

"왜요, 그래서 나두 이렇게 오빠 다니는 대학에 왔잖아요. 그거 뭐예요?"

"어, 새 봄에 작은 음악회를 해보려고."

윤주는 대자보에 붙은 포스터에 실린 동우의 피아노 치는 사진을 보며 물었다.

"아직도 피아노 쳐요?"

두 사람은 나란히 걸었다. 동우는 당연하다는 듯 그녀의 말에 대꾸한다.

"그럼, 야, 전공이 피아논데."

그녀는 다소 의외라는 표정이었다.

"왜? 그 표정은 뭐야? 이게 다 너 때문이야!"

"네?"

"네가 피아노 학원에만 없었어도 나 거기 안 다녔어."

윤주는 또 무슨 말인가 하며 웃었다.

 나 괜찮아요,
뒤돌아보지 마세요

10
연인

　동우는 윤주를 만나게 된 게 꿈만 같았다. 필연적인 운명 같았다. 얼마나 그의 안에서 잠자고 있는 그리움이었던가. 초등학교 때 그녀와 헤어져 서울로 올라와 있으면서도 동우는 한시도 그녀를 잊어본 적이 없었다. 그냥 보고 싶다는 말만 안 했을 뿐이다. 잊어졌다고 하지만, 그것은 자기 속에서 그녀에 대한 그리움이 잠자고 있었을 뿐이었던 것이다. 동우가 군대 간 사이 그녀는 학교에 입학을 했고, 그가 제대한 꽃 피는 봄에 교정에서 운명처럼 그들은 만났다. 그는 포스터 물을 든 채로 그녀를 마냥 붙잡고 얘기할 수가 없었다. 음악회에 초청한다는 말도 못 했다. 그녀와 그냥 얼떨결에 학동 갈림길에서 헤어졌다. 그녀는 영문과를 다닌다고 했다.

　동우는 연습실에서 연주회 때 연주할 곡을 연습하는 동안 도저히 연주가 되지 않았다. 그들의 악기 구성은 이랬다. 피아노와 바이올린, 비올라, 첼로 대신 콘트라베이스가 베이스를 담당했고, 관악기로는 플루트가 함께 연주했다. 뉴에이지 음악을 연주하기로 했다. 클래식이면서도 재즈 풍을 가미한 음악을, 그들대로의 새로운 식상하지 않은 음악을 추구하고자 했다. 그러나 그의 성급한 성격 때문인지, 아니면 정말 오랜만에 아리따운 숙녀의 모습으로 성숙한 윤주를 보고 난 때문인지, 연습이 잘 되지 않았다. 그러고 보니 점심 때 어디서 보잔 말도 못 했고, 저녁 때 만나자는 말도 못 했다. 도저히 연습실에 편안히 앉아서 연습할 수가 없었다. 음악을 연주하는 동료들은 그를 의아하게 보고 있었다. 마침내 바이올린이 동우에게 질타를 쏟아냈다. 동우는 미안하다고 하고는 연습실을 빠져나왔다. 도저히 연습을 할 수가 없어진 그는 인문대 쪽으로 달려갔다.

오전 강의를 마치고 강의실을 나오는 윤주는 복도에서 누군가를 찾는 눈으로 이쪽저쪽 살폈다. 그러나 그녀가 찾는 사람은 보이지 않았다. 윤주는 아쉬운 표정으로 복도를 나갔다. 잠시 후 동우는 헐레벌떡 숨을 몰아쉬며 강의실로 달려왔다. 그러나 학생들이 빠져나간 강의실은 텅 비어 있었고 윤주도 보이지 않았다. 다른 강의실들도 썰렁하게 비어 있었다. 동우는 다시 인문대학동 건물 입구로 내려와서 이리저리 윤주를 찾으려 휩쓸고 다녔다. 봄 벚꽃이 피기 시작한 교정은 새내기들이 합세한 봄 축제의 분위기로 술렁거렸다. 활기가 넘쳐났다. 그러나 어디에도 윤주는 보이지 않았다. 그는 무엇인가 떠오른 듯 도서관 쪽으로 달려갔다. 그곳에도 윤주는 없었다. 다시 교내 식당으로 향했다. 점심때가 지난 시간이라 식당 안은 학생 몇몇만 앉아 있을 뿐 한산했다. 동우는 맥이 빠져 식당 의자에 털썩 주저앉았다.

한편 윤주는 음대 피아노 연습실 작은 유리문으로 안을 들여다보며 다니고 있었다. 동우를 찾고 있는 것이다. 아까 동우가 연습하던 큰 연습실도 불이 꺼진 채 텅 비어 있었다. 어디에도 동우는 없었다. 윤주는 쓸쓸히 돌아섰다.

동우는 벚꽃 아래 벤치에 앉아 담배를 물고 라이터를 켰다. 갑자기 텅 빈 허무 같은 무기력함이 몰려왔다. 어떻게 할 수가

 나 괜찮아요,
뒤돌아보지 마세요

없었다. 또 내일이면 볼 수 있겠지만, 어쩌면 마치 내일은 없고 오늘만 있을 것 같은 기분이었다. 아무것도 할 수 없는 것이다. 오늘 윤주를 안 보면 내일이면 영영 볼 수 없을 것 같은 기분이 들었다. 왜 그때 다시 어디서 만나자는 말을 못 했을까. 그녀의 휴대폰 번호라도 알아 놓을 걸. 갑자기 후회가 물밀 듯 몰려왔다. 오늘 그녀를 다시 보지 않으면 그동안 마음속으로만 그려왔던 그녀와의 긴 인연의 끈을 영원히 놓칠 것만 같았다. 그러다가 그는 문득 이런 생각이 들었다. '대체 이런 감정은 뭐지?' 동우는 그대로 있을 수가 없었다. 그는 윤주네 학과 사무실로 걸음을 옮겼다.

　늦은 오후가 되면서 봄 햇살은 구름 속에 숨고, 봄비가 게슴츠레 연인들의 속삭임처럼 내리기 시작했다. 사위의 어둠은 예상보다 일찍 찾아왔다. 동우는 영문과 과 사무실에서 간신히 통사정하여 주소를 알아내어 그녀의 집으로 향했다. 처음에는 기숙사 생활을 했었다고 들었다. 아르바이트를 하면서부터는 나와서 자취를 했다고 한다. 그는 적힌 주소를 보면서 빗속에서 그녀의 집을 찾아 다녔다. 그는 마침내 적힌 주소의 집 앞에 서 있었다.
　그녀의 집은 옥탑에 있었다. 그러나 그녀의 집은 불이 꺼져 있고 그녀도 없었다. 학교에도 없고 집에도 없는 그녀는 대체 어디서 뭘 하고 있을까. 궁금증이 봄비처럼 스멀거리며 올라왔다. 동우는 그 집 대문 현관 앞에서 비를 피하며 생각하고 있었다. 그렇게 시간은 어둠속으로 사라져 가고, 빗방울만 그의 곁을 지켜주었다. 그녀의 자취집 담 작은 화단에는 벌써 봄꽃이 봄비에 고개를 숙이고 있었다. 갑자기 그것을 보고 있던 동우에게 좋은 생각이 떠올랐다.

이 시각까지 집에 오지 않고 있는 그녀에 대해서 별의별 생각이 다 들었다. 그녀는 대체 어디서 무엇을 하는 것일까? 혹시 주소를 잘못 알고 온 것은 아닐까? 아니면 다른 데로 이사 간 것은 아닐까? 사랑의 기다림은 이렇게 번잡하고 복잡하며 있지도 않은 것을 미리 짐작하여 걱정하는 설렘이 일게 한다. 그 생각이 미칠 즈음 검은 우산의 실루엣이 보였다. 그 실루엣은 몇 미터 앞에서 딱 멈춰 섰다. 윤주였다.

"오빠?"

윤주는 비에 젖은 초라한 모습의 동우를 보자 뜻밖인 듯 놀랐다.

"지금 와? 늦네?"

"근데 여긴 어떻게 알았어요? 여기서 비 맞지 말구 일단 들어가요."

그녀는 그를 우산 속으로 들이며 집으로 올라갔다.

"어, 들어와?"

현관문을 열고 들어선 윤주는 그를 맞아들였다. 거실로 올라온 동우는 비록 두세 평도 안 되는 거실과 방 하나이지만, 천생 여자의 집이라는 것을 느낄 수 있을 만큼 아늑했다. 그는 거기서 여자의 냄새를 느꼈다.

"여기가 윤주 방이야?"

 나 괜찮아요,
뒤돌아보지 마세요

동우는 방 쪽을 바라보며 물었다.

"응. 좀 좁지? 하지만 혼자서 생활하기는 괜찮아. 학교도 가깝고."

"좋은데?"

동우는 신문지에 싼 풀 다발을 건네주며 말했다.

"자, 이거 선물. 이거 요 밑에 화단에서 땄어."

아까 담 아래 화단에서 꺾은 풀 다발을 내밀고 살며시 웃으며 말했다.

"고마워,"

윤주는 풀 다발을 받아 개수대에 놓고 수건을 그에게 건넸다.

"닦아요, 이러다간 감기 걸려요. 비 오면 담에 오든지 하지, 꼭 이렇게 티를 내야 해요?"

그녀는 그의 젖은 머리를 닦아 주었다.

"어, 됐어."

동우는 수건을 잡는다는 것이 그녀의 손을 잡고 말았다. 순간 멈칫! 묘한 감정의 기류가 흘렀다.

"닦아요."

윤주는 잡힌 손을 빼며 수줍게 돌아섰다. 어색한 표정을 짓던 동우는 왠지 기분이 좋았다. 젖은 머리를 수건으로 닦아냈다. 윤주는 찬장에서 그동안 한 번도 쓰지 않은 크리스털 컵을 꺼내서 물을 담아 식탁에 올려놓았다. 그리고 신문지를 걷어내고는 그 풀 다발을 컵에 꽂아 놓고 말했다.

"이쁘다아."

"다음에는 장미 갖다 줄게. 급히 오다 보니까 그냥 왔어."

윤주는 미소로 답했다.

"옛날에 오빠가 토끼풀 뜯어서 나한테 왕관 만들어준 거 기억난다."

"그럴 때도 있었나?"

동우는 알고 있으면서 모른 척 물었다.

"그럼, 가기 싫다는 거 과수원에서 과일 따준다며 풀꽃 만들어주며 개울로 들로 끌고 다녔잖아요. 잠깐만요, 나 옷 좀 갈아입고 나올게요."

하며 윤주는 방으로 들어갔다. 동우는 식탁 의자에 앉아 주위를 둘러보다가 윤주가 들어간 방문에다 대고 말했다.

"저녁은 먹었니?"

"응. 아까 아르바이트하는 데서 먹고 왔어요. 오빠?"

방안에서 윤주의 목소리가 새어나왔다.

"어, 안 했어."

동우는 싱크대 쪽을 바라보았다. 개수대에는 요즘 여자들답지 않게 식기들이 깨끗하게 차곡차곡 놓여 있고, 밥통의 보온 버튼에는 아직 빨갛게 불이 들어와 있었다. 그는 흡족한 표정을 지었다.

"밥은 해서 먹니?"

동우가 방에다 대고 얘기하려는데 윤주가 방에서 나왔다. 일상복 차림이라기보다는 동우 앞이라서 신경을 쓴 차림새였다.

 나 괜찮아요, 뒤돌아보지 마세요

“저녁 안 먹었어요?”

“누가 나한테 밥을 주니?”

동우는 농담처럼 말했다.

“나가요.”

“비가 오는데 어딜 나가. 네가 해준 밥 먹고 싶은데.”

“지금 아무것도 없는데 어떡하지?”

윤주는 약간 당황했다.

“라면 없어? 그거면 되지 뭐.”

가스레인지 위에서 주전자 물이 끓었다. 동우는 두 개의 커피 잔에다 커피를 타고 있었다. 윤주는 식탁의자에 무릎을 괴고 앉아 식탁 위 크리스털 컵에 놓인 풀포기 다발을 바라보다가 동우에게 말했다.

“그런데 어떻게 이걸 꺾을 생각을 했어요?”

동우는 살짝 돌아보며 말했다.

“어, 그냥. 왜, 프랑스 영화 같은 데서 보면 남자 주인공이 쫓기다가 옛 여자를 찾아가잖아. 그런데 날은 저물고 오늘처럼 비는 내리고 행색은 초라한데, 손에는 가진 게 없어. 그래서 그녀 집 화단에 피어 있는 풀을 꺾어서 그녀에게 바치는 장면 있잖아.”

“로맨틱한데?”

윤주는 미소 짓는 동우를 보며 행복한 표정으로 말했다. 동우는 그녀 앞에다 커피 잔을 놓으며 그녀와 마주 앉았다.

“오빠, 우리 이러니까 꼭 결혼한 것 같다. 그치?”

하고 윤주는 커피를 마셨다.

"어때?"

"음, 맛있어. 미안해요."

"뭐가?"

동우는 커피를 마시며 물었다.

"아니, 우리 집에 온 손님인데 내가 막 부려먹는 것 같아서."

"결혼하면 이런 거 너한테 매일 할 건데 뭐."

윤주는 그가 농담처럼 하는 말인 줄 알았지만, 커피 잔을 내려다보던 시선을 그에게로 옮겼다.

"넌 어땠는지 모르지만 난 잊어본 적이 없어, 물론 매일매일은 아니었지만. 너를 잊은 것도 아니고 사라진 것도 아니고, 그냥 너는 내 가슴 저 밑에서 잠자고 있었을 뿐이야."

"……!"

윤주는 그를 바라보는 눈길과 숨결이 저 가슴 밑으로부터 우당탕 쾅 하고 떨려왔다.

11

아름다운 날들

이젠 아침 공기도 제법 따사롭다. 마을 공원 공터에는 유채꽃이 노랗게 피었다. 그전에는 남녘에서나 피던 유채꽃이 이젠 곳곳에서 볼 수 있다. 제주에서는 유채꽃을 동지꽃이라 부르는데, 새순을 꺾어다가 된장국을 끓여 먹기도 한다. 그리고 참기름 대신 유채기름을 짜서 먹기도 한다. 이젠 관광용으로 유채꽃을 재배하는 곳도 있다고 한다.

정오가 지나면서 바람도 없어졌다. 하얀 나비가 공기의 파장도 없는 고요한 공간 속 유채꽃 사이를 너울너울 춤추며 날아다니고 있었다. 마치 노란 꽃들은 웃고 있는데, 나비는 여기 앉을까 저기 앉을까 하며 너울너울 춤추는 것 같았다. 햇살이 살포시 내려앉은 골목길은 이상하리만큼 조용했다. 봄은 어쩌면 노란색을 앞세우고 오는 것일지도 모르겠다. 개나리, 유채꽃도 노랗고 햇살도 노랗다. 그래도 노랗게 세상이 피고 나면 봄은 완연해진다. 봄은 여자의 옷차림에서 온다더니, 책 한 권을 가슴에 끼고 오는 대학생 윤주의 모습에서 봄은 풍겨오고 있었다.

윤주는 오전 강의를 마치고 아르바이트를 하러 가려고 부랴부랴 교정을 빠져나오는데, 저만치 앞에 스포츠카 한 대가 서 있었다. 갑자기 운전석 문이 열리더니 동우가 내렸다. 손에는 장미꽃 다발을 들고서 윤주를 보며 웃고 있었다. 윤주는 급히 오던 그를 발견하고 너무나 뜻밖이라는 표정을 지었다.

"오빠, 여기서 뭐해요?"

"자."

동우는 꽃다발을 내밀었다. 지나가는 주위 사람들이 그 광경을 보고 '야~! 워~!' 하고 감탄했다. 그녀는 당황하며 얼떨결에 꽃을 받았다.

"타!"

동우는 조수석 문을 열어주며 말했다. 꽃다발을 받아든 윤주는 생각할 여지도 없이 그가 이끄는 대로 스포츠카에 올랐다. 운전석으로 오른 동우는 그저 멍한 모습의 윤주에게 말했다.

"오늘 아르바이트 가지 말고 밖으로 나가자, 응?"

윤주는 어이없는 표정으로 물끄러미 그를 바라보다가 그의 이마에 손을 대었다. 동우가 생뚱맞은 표정으로 윤주를 바라보았다.

"열도 없는데."

윤주가 갸우뚱하며 말했다.

"왜?"

"미쳤어요?"

동우가 웃었다.

"오늘은 안 돼요!"

"가아?"

"안 돼요!"

윤주는 단호했다.

"안 가면 앞으론 매일 꽃 들고 와서 이런다아."

"허, 말두 안 돼."

“알바 하는 데다 얘기했어.”

“거길 찾아갔어요?”

동우는 잠깐 윤주 표정을 살피더니 다시 시선을 정면으로 향하며 말했다.

“어, 오늘 윤주 아파서 못 나온다고 했어.”

“허! 세상에~!”

윤주는 뭐라고 말을 할까 했지만 말도 안 나왔다.

“거기서 그걸 믿어요?”

그녀는 동우를 보며 말했다.

“어, 내가 오빠라고 하니까 그냥 넘어가던데? 아주 심각하게 얘기했지, 지금 병원에 있다고……”

동우으는 어이가 없다는 듯 바라보는 윤주를 보며 말했다.

“진짜 사기꾼이네, 오늘 알바 한 명이 빠져서 연장근무 하면 급료가 두 밴데.”

윤주는 정말 아쉬운 표정으로 말했다.

“걱정 마, 내가 다 해줄게.”

“그게 얼만데.”

그녀는 짜증 섞인 투로 말했다.

“윤주야, 나중에 내가 열심히 일해서 돈 많이 벌어다 너 줄게.”

윤주의 표정이 누그러졌다.

“윤주야, 이 좋은 봄날, 우리들 젊은 시절은 다시 안 와. 알아?”

동우는 그녀를 보며 말했다. 윤주가 그를 바라봤다. 동우가 미소를 지었다. 윤주도 따라서 미소를 지었다.

"앞으로 이러지 마요?"

"뭘?"

"이런 차에 이 꽃 하며……."

"너 꽃 좋아하지 않아? 나는 소국을 신문지에 싸서 가는 여자가 젤 좋아 보이더라."

"근데 이건 그렇지 않잖아요."

"여자들 이런 거 로망 아닌가? 난 네가 좋으라고 이랬는데."

"오빠 이러니까 꼭 바람둥이 같아."

"후후~! 윤주야, 넌 내가 이렇게 하는 거 창피해? 싫어?"

"아니, 그런 게 아니라……, 금방 소문날 거야, 아니 지금쯤 다 퍼졌을 거야."

윤주는 끔찍하다는 듯 몸을 움츠렸다.

"무슨 소문……?"

동우는 그녀에게 시선을 맞추며 물었다. 윤주는 머뭇거리다가 다시 입을 열었다.

"뭐……, 저 계집애, 부잣집 도련님 꼬셔가지고 호강한다고……. 잘나간다고."

동우가 웃었다.

"내가 이러는 거 그렇게 부담되니?"

"……."

"으? 그거 아니잖아? 다른 여자처럼 재지도 않고 어떤 여자처럼 가리지도 않고 보지도 않아서……, 그래서 네가 좋아!"

"그냥 내가 그렇게 만만해요?"

"어, 만만해서 막 좋아."

"근데 왜 오빠는 나야? 응? 나도 재요! 가릴 거 가리고, 볼 거 다 보고 그래. 그러니까 날 그렇게 보지 말아요."

동우는 그녀를 보며 웃고 말았다. 동우의 스포츠카는 팔당을 지나 양수리 쪽을 달리고 있었다. 벚꽃이 만개해서 봄날이 화려했다. 윤주의 표정도 어느새 밝아졌다. 두 사람은 어느새 도란도란 이야기를 나누고 있었다. 가끔 재미난 이야기에 윤주가 까르르 웃곤 했다.

소강당에서 동우의 음악회가 있는 날이었다. 윤주는 맨 앞자리에 앉아 있었다. 동우의 음악회는 그가 앞으로 나갈 진로를 결정할 계기를 마련하기 위한 것이었다. 졸업해서 그냥 건설업 하는 아버지 회사에서 일하고 싶지는 않았다. 한 회장 또한 그가 음대에 다니고 나서부터는 예전만한 믿음과 신뢰를 보이지 않은지 오래다. 그러므로 지금부터라도 자기 길을 미리 닦아 두어야겠다는 생각이 들었고, 때문에 자신이 생각하는 음악을 한 번 선보이고 싶었을 뿐이다. 그래서 클래식 쪽을 계속하기에는 적지 않은 부담감이 있었다. 실력이 미치지 못해서가 아니라, 대학을 졸업하고 유학을 가고, 거기다 레슨에 콩쿠르까지 입상해야만 그래도 연주가로서 활동할 수 있는 기반이 마련된다. 하지만 그러기에는 동우가 썩

빼어난 재능을 가진 것은 아닌 데다, 그렇다고 음악을 포기하고 다른 쪽을 하기에는 이미 먼 길을 왔다. 그래서 그는 틈틈이 익혔던 재즈 쪽의 뉴에이지 음악을 마음 맞는 동료들끼리 연주해보기로 했던 것이다.

음악회에는 레코드 업계의 인사와 다른 음악계 인사들도 초대했다. 음악회는 그런대로 성공적이었다고 자평할 수 있었다. 그러나 레코드 업계의 반응은 냉랭했다. 그저 별다른 의미를 부여하지 않았다. 동우는 실망스러웠다. 음악회에 기대를 걸고 있었는데 레코드 업계 관계자들에게 그다지 호응을 얻지 못한 것이다. 며칠째 그는 전화도 없고 보이지도 않았다. 윤주는 그를 찾으러 음대로 향했다. 그러나 그는 거기에도 없었다.

봄볕이 따사로운 어느 날 오후, 윤주는 푸르게 새 잎이 나기 시작하는 나무 아래서 책을 읽고 있었다. 그때 윤주 앞으로 자판기 커피 한 잔이 불쑥 내밀어졌다. 윤주가 올려다보았다. 미소를 머금은 동우였다.

"뭐해?"

"오늘 날이 따뜻해서 나와 봤어요. 아니 근데, 그동안 어딨었어요? 연락도 안 되고."

동우는 그녀 옆자리에 나란히 앉았다.

"어, 그냥 집에 일이 생겼었어……. 많이 기다렸어?"

"그러면 그렇다고 연락하면 안 돼요?"

"미안해……. 그 친군 따라다녀?"

 나 괜찮아요,
뒤돌아보지 마세요

“누구요?”

“왜 너 좋다고 옆에 붙어 있는 놈 말야.”

“아, 종민이? 걔는 착해요.”

“착해? 야, 이름까지 부르는 거 보니까 너도 마음이 있는 모양이구나?”

윤주는 어이없다는 듯 웃다가 그의 입가에 묻은 커피 자국을 닦아주며 말했다.

“커피 자국이나 닦으세요.”

“너도 알고 보니까 남자관계가 꽤나 복잡한 것 같다. 이럴 줄 알았으면 나 다시 생각해 보는 건데.”

동우는 농 반으로 말했다.

“누가 할 소리예요? 미정인가 뭔가 하는 그쪽과 후배는 집까지 찾아왔더라구요.”

“그래서?”

“뭐가 그래서야. 자기가 뭐 결혼할 사람이라나. 그러면서 나더러 포기하라라구요. 어떻게 했기에 하나같이 그래요?”

“야, 내가 뭐라고 한 게 아니라 지들이 나 좋다고 그런 거라니까.”

“어떻게 했기에 그래요?”

윤주는 눈을 흘겼다. 그때 한 줄기 봄바람이 그들을 훑고 지나갔다. 그러자 벚꽃 잎이 우수수 봄눈 오듯이 그들 앞에 떨어진다. 윤주는 자신도 모르게 짧은 탄성이 나왔다. 순간 두 사람은 뭐라고 할 것 없이 동시에 얼굴을 마주했다. 코와 입이

닿을 만큼 가까이 있었다. 동우는 그녀의 입술에 자기 입술을 가져다 댔다. 눈이 동그래지던 윤주가 눈을 감았다.

윤주는 음악회가 끝나고 소심해져 있는 동우를 달래려고 벚꽃구경을 가지고 먼저 졸랐다. 그에게 새로운 변화를 주고 싶었다. 그러나 그녀는 정말 큰맘 먹고 가는 거라고 동우에게 세뇌시키듯 말했었다. 그들은 남쪽으로 내려가서 남해안을 돌아 진해를 걸쳐 섬진강에 핀 벚꽃을 보고 올라왔다. 그들은 캠퍼스에서나 밖에서나 늘 커플처럼 붙어 다녔다. 캠퍼스에서는 그들에 대해 다들 알고 있었다.

윤주는 동우와 함께하는 뮤지션들과 곧잘 어울려 다녔다. 그의 연습실에 들렀다가 노래를 해보는 경우도 있었다. 그녀가 맛깔나게 부르는 트로트는 클래식만 하는 그 뮤지션들에게 흥미로운 놀이였다. 언젠가 카페에서 맥주를 마시던 동우가 그녀를 피아노 앞으로 끌어내더니 노래를 부르라고 했다. 수줍음 많은 윤주는 극구 사양하다가도 무대 앞에만 서면 태도가 사뭇 달라졌다. 동우는 주저 없이 트로트를 쳐줬다. 윤주는 그를 돌아보고 미워 죽겠다는 표정을 짓다가, 어쩔 수 없이 마이크를 잡더니 간드러지게 노래를 꺾었다. 뜻하지 않게 많지 않은 손님으로부터 앙코르도 받았다.

"윤주야, 우리 나중에 판을 내서 그걸로 먹고 살까?"

카페를 나오면서 동우는 이렇게 제안했다. 윤주는 피식 웃고 말았다. 그렇게 그들의 푸르른 젊은 날의 세월은 황혼의 장밋빛 속에 고이고이 저물어 갔다. 그 고운 빛만큼이나 사랑도 익어 갔다.

12
청혼

동우는 음악회가 끝나고 한동안 스폰서를 찾으러 돌아다녔다. 한 회장은 졸업을 앞두고서 스폰서를 구한다며 밖으로 나돌아다니는 큰아들을 꼴 같지 않게 생각하고 있었다. 음악이라면 그냥 딴따라라고 치부하며 한 회장은 남자는 남자답게 살아야 한다고 고집했다. 고지식한 면도 있는 데다, 사업에서 살아남기 위해서는 어떻게 해서든 강한 자만 이 사회에서 살아남는다는 것을 피부로 느껴왔기 때문이다. 그러기에 자식들을 더욱 더 강하게 키우고 싶은 바람을 갖고 있었다. 그런데 그렇게 믿어온 동우가 자기 바람을 저버려서 실망이 컸고, 갈수록 돌아설 줄 모르는 아들이 미웠다. 시간이 갈수록 그 앙금은 눈덩이처럼 커져만 갔다.

동우도 아버지의 그런 면을 싫어했다. 군대 가기 전까지만 해도 동우는 음악을 매우 못마땅하게 생각하는 아버지에게 숨 한 번 크게 못 쉬고 눈치만 보며 지냈었다. 자기편은 오직 엄마뿐이었다. 집에서도 아버지의 눈에 나지 않게 쉬쉬하며 지냈다. 아버지는 언제나 그랬듯이 자기가 원하는 방식대로 가족들 모두 따라 주길 바랐다. 그래서 그는 아버지와의 갈등에서 벗어나고자 군대를 자원했었다. 그래도 군대를 갔다 오고 나면 아버지의 생각이 달라질까 해서였다. 군대를 다녀온 동우는 더욱 늠름해졌고 또한 생각도 완전히 달라져 있었다. 아버지의 말에 더 이상 휘둘리지 않았다. 또 자기가 무엇을 원하든지, 그 원하는 것을 해야겠다는 신념도 강해졌다.

한 회장은 더 이상 안 되겠다고 생각했는지, 동우를 불러서 결혼

말을 꺼냈다. 동우는 갑자기 결혼하라는 말에 감을 잡지 못했다. 한 회장의 말은 이랬다. 정민의 부친이 건설업계 선두 주자이므로 정민과 동우가 백년가약을 맺음으로써 사업을 확장하고 더욱 공고히 할 수 있으리라는 것이었다. 그래서 두 사람을 짝지어 보려고 무던히도 애를 썼다. 틈나는 대로 정민의 부친을 찾아가서 딸을 달라고 공들일 뿐 아니라, 은연중에 사석 모임에서도 내놓고 사돈처럼 깍듯하게 예의를 갖추며 자랑삼아 말하곤 했다. 거기에는 졸업을 앞둔 동우에게 기회를 주어 보자는 뜻도 포함돼 있었던 것이다.

동우는 아버지의 결혼 제안을 듣자마자 눈앞이 캄캄했다. 속으로 아버지의 말을 들으면서도 별의별 생각이 다 들었다. 어떻게 할까? 동우는 틈틈이 정민이라는 아가씨가 있다는 얘기는 엄마한테서도 들어왔었다. 사실 윤주랑 사귄다는 사실을 가족 누구도 모르고 있었다. 만일 그녀가 청주 시골 면사무소에 다니는 주사 집 딸이라는 것을 알면 그렇게 달가워하지 않을 것임을 알았기 때문이다. 그렇다고 아버지 얘기대로 넙죽 나가서 선을 볼 수는 없었고, 거절하면 보나마나 불벼락이 내릴 것이 뻔했다. 때문에 동우는 몇 날 며칠을 고민했다. 우선 윤주에게 말할까 생각도 해봤는데, 안 하는 것이 낳을 성싶었다. 괜히 말해서 그녀에게 신경만 쓰게 할 것이 뻔했기 때문이다.

그 일이 있고 나서 동우는 엄마에게 은근히 윤주 얘기를 꺼내 놓았다. 엄마는 아버지와는 달리 윤주를 그렇게 밉게 보지 않았다.

더군다나 그 시골 피아노 학원 원장의 이모가 엄마의 친구였기에 그 집에 대해서는 다른 사람보다 익히 잘 알고 있었다. 동우는 엄마가 그래도 아버지와 달리 자기편이어서 위안이 됐다. 아버지의 입김의 의해서 일언지하 안 된다는 말이 없으니까 다행이다 싶었다. 동우는 집에서 하루를 보내는 일이 가시방석에 앉아 있는 것 같았다. 아버지가 맞선 자리를 잡은 날이 다가오고 있었기 때문이다.

윤주는 졸업 시험을 끝내고 교원 임용고시를 준비하느라 눈코 뜰 새 없이 바빴다. 그런데 동우가 며칠 보이지 않았다. 어떻게 된 일일까? 휴대폰 연락도 되지 않는다. 우중충한 잿빛 구름이 서쪽 하늘에서부터 몰려오는 저녁이었다. 금방이라도 싸락눈이 한바탕 쏟아질 기세였다. 윤주가 도서관 현관에서 나오는데, 그녀 앞으로 동우의 차가 급하게 달려와 섰다.

"윤주야, 타!"

동우는 조수석 차창을 내리고 몸을 숙여 윤주를 향해 소리쳤다. 곧 윤주가 조수석으로 오르며 말했다.

"어디 있었어요? 연락도 안 되구?"

동우는 잠잠히 차를 몰았다.

"전화는 왜 안 받아……?"

윤주는 여전히 말이 없는 그의 표정을 보면서 마치 금방이라도 무언가 터질 것 같은데 꼭 닫혀 있는 시한폭탄 같다고 생각했다.

"어디 가?"

윤주가 그의 표정을 살피며 물었다.

"……가서 보면 알아."

그의 음성에는 예전 같지 않은 무겁고 둔탁한 음색이 섞여 있었다. 동우의 차는 남산 타워 길을 달려가 주차장에 차를 세웠다.

"뭐 하러 여긴 와요?"

윤주는 내릴 생각은 않고 걱정스런 눈빛으로 동우를 경계하듯 말했다.

"내려."

동우는 가만히 앉아 있는 윤주의 안전띠를 풀어주며 말했다. 윤주는 동우의 손에 끌려 남산 타워 끝 레스토랑으로 올라갔다. 그녀는 뭔가 좋지 않은 예감을 느꼈다. 대체 무슨 일이 있었을까? 캠퍼스에 같이 있을 때도 한 시간 이상 떨어져 있으면 문자 날리고 뛰어와서 보고 그랬던 남자다. 그런 남자가 사나흘씩이나 소식 다 끊어놓고 지금 나타나서 이리로 데리고 온 이유는 무엇일까? 설렘과 걱정이 반반 교차했다. 동우는 남산 타워 레스토랑으로 들어서서 촛불이 켜져 있는 예약석으로 윤주를 데려가 앉혔다.

"앉아."

윤주는 설렘으로 상기된 채 자리에 앉았다. 동우가 건너편 자리에 앉자 여종업원이 이미 약속이라도 한 듯 큼지막한 장미 꽃다발을 가져다주었다. 그는 꽃다발을 내밀며 그녀에게 청혼을 했다.

 나 괜찮아요, 뒤돌아보지 마세요

"윤주야, 우리 결혼하자."

"오빠아!"

그녀는 그의 청혼을 꿈꾸며 언젠가 그가 청혼하리라 예감하고 있었다. 하지만 막상 이렇게 청혼을 받자 설렘과 기쁨, 당황스러움 등 모든 감정이 혼합되어 느껴졌다.

"이거 고르고 또 고르고 했는데 윤주 마음에 들지 모르겠다."

동우는 반지 케이스를 열어서 반지를 보여주었다.

"와아~!"

윤주는 자기도 모르게 벅찬 탄성을 질렀다.

"마음에 들어?"

반지를 보던 윤주가 말없이 동우를 올려다보았다.

"자, 손 줘봐."

동우가 반지를 그녀 손에 끼워 주었다.

"이쁘네."

윤주는 손을 곱게 펴며 반지 낀 손가락의 매무새를 본다. 마음에 든다. 동우는 그녀의 표정을 읽으며 흡족해 했다. 너무나 갑자기 일어난 생각지도 못했던 일이어서 윤주는 순간 당황스러웠지만 한편으로 감격스럽기도 했다. 또한 타워 밖으로 보이는 오밀조밀한 야경과 촛불을 사이에 두고 마주 앉아 있는 사랑하는 사람으로부터 이런 청혼을 받는다는 것이 꿈처럼 아름답고 환상적이었다.

동우는 그녀에게 어떻게 청혼할까 생각하다가 이곳을 선택했다.

남산은 그녀와 틈틈이 운동 삼아 올라와 보곤 했지만, 이 꼭대기까지 올라와서 커피 한 잔 마셔보지 못했었다. 많은 사랑의 열쇠고리를 매고 언약한 증표들이 걸려 있었다. 동우가 우리도 하나 걸자고 제안했었다. 그러자 그녀는 우리의 사랑 언약의 열쇠는 우리 마음속에 영원히 그날그날 새롭게 새기자고 했다. 그녀는 정말 사랑스럽고 현명한 여자라고 동우는 생각했다. 그는 그 언약을 여기서 그녀와 새기기 위해 이곳을 선택했던 것이다.

윤주는 얼굴이 상기된 채 무슨 말을 어떻게 해야 할지 몰라 머릿속이 백지장처럼 새하얗게 비는 것 같았다. 전혀 예상치 못한 일은 아니었다. 언젠가는 그에게서 청혼 받으리라는 것을 알고 있었지만 오늘 이렇게 갑자기, 뜻하지 않게 청혼을 받게 되리라고는 생각지 못했었다. 어느 정도 마음의 준비는 하고 있었어야 하는데 그럴 여유조차 없었던 것이다. 이제 막 졸업하고 교원 임용 시험을 치러야 하는데, 대체 뭘 어쩌자는 것인가? 약혼이라도 하자면, 그럴 수는 있다. 그녀는 설레는 마음으로 그를 바라만 보고 있었다.

아버지로부터 정민과의 결혼 얘기를 듣고 난 동우는 그간 혼자서 태백산 백두대간 등산을 했었다. 걷고 또 걸었다. 생각을 밟고 밟으며 정리했다. 물론 아버지와의 갈등을 더 이상 하지 않기 위해서는 그의 뜻대로 일단 정민이라는 여자를 만나보는 게 좋을 듯싶었다. 그러나 그것은 윤주에게 큰 상처가 될 것이다. 그것이 아무리 자기 뜻이 아니라 할지라도 옳지 못한 일 같았다. 그렇다고 아버지에게 윤주 얘기를 사실대로 꺼내 놓을 수도 없었다. 그러고 싫었지만 결과는 불 보듯 뻔했다. 윤주 애기를 처음 엄마에게 했을 때 엄마는 아버지에게 비밀로 하자고 했다. 그로 인해서 한 회장과 동주의 관계가 더욱 악화될 것이 뻔했기 때문이다.

　동우는 또 달리 생각해 봤다. 그래, 모든 애기를 윤주에게 다 털어놓고, 당분간 그 여자와 사귀는 척하다가 그만둘까도 생각해 봤다. 그러면 부모님들도 어쩔 수 없을 것이다. 그러면 모두에게 아무런 피해도 가지 않을 듯싶었다. 그러나 그것은 내 양심이 허락하지 않는다. 어떻게 사랑하는 여자를 두고 다른 여자를 아무렇지 않게 만날 수 있을까? 그렇게 만나다가 마음이 서로 안 맞는다고 그만 만나자고 할까? 그러면 그 여자는 상처 받을 것이다. 내가 사랑하는 여자가 있다는 것도 모르고 만나다가 졸지에 퇴짜 맞는 그녀의 마음은 얼마나 아플까? 아니, 그 여자 마음이 아픈 것이 아니라, 아버지와의 갈등을 피하기 위해서 두 여자에게 마음의 상처를 주는 내 마음보가 나쁜 것이다. 생각이 여기까지 미치자 그는 윤주에게 청혼하기로 결심했다. 그리고 집을 나오기로 마음먹었다. 그는 아버지의 뜻을 거스르는 것이 아니라 자신의 삶을 자기 뜻에 의해서 결정하고 싶었다. 그동안 자신뿐만 아니라 가족들 모두 아버지의 말을 거역하거나 토를 달아 보지 않았다. 한 회장의 집에선 그의 말이 곧 법이다. 그의 명령은 그대로 복종해야 했다. 제왕적이고 독선적인 아버지에게 반기를 드는 것은 곧 죽음이자 집에서의 퇴출을 의미했다. 완고한 아버지를 누구도 꺾을 수 없었다.

동우는 군대를 갔다 오고 사랑하는 여자를 만나면서 자기 삶을 꾸려가기 시작하게 되는 것 같았다. 남자들의 삶에 대한 독립성은 사랑에서 생기는 것 같았다. 남자들에게 목숨과 같은 여자가 생기면 그들은 그것을 지키려고 무던히도 애를 쓴다. 동우는 아버지를 배경으로 한 경제적인 안락함보다는 어려서 키워온 운명과도 같은 윤주와의 사랑을 선택하고 싶었다. 동우는 여기까지 생각이 미친 이상 집에 있을 수 없었다.

청혼을 받은 윤주는 아무런 답을 주지 않았다. 그러나 동우는 그녀의 눈빛에서 이미 그 답을 얻은 것 같았다.

 나 괜찮아요, 뒤돌아보지 마세요

13
가출

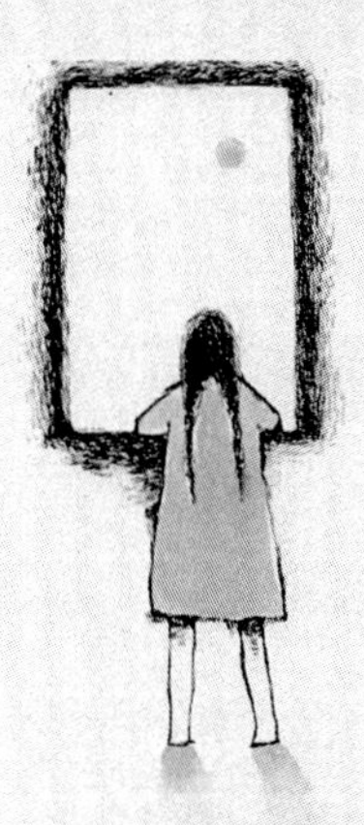

드디어 한 회장과 최 회장 집안의 상견례 날이 다가왔다. 한 회장은 동우가 들어오기만을 기다리는데, 그는 아직 집에 들어오지 않고 있었다. 요즘 동우가 며칠 집에 보이지 않은 것 같아서 한 회장은 걱정이 들었다. 군대를 갔다 온 이후 아들이 자기에게 반기를 드는 것 같은 느낌도 들었다. 이번 기회에 최 회장 쪽과 연분을 맺고 나면, 동우도 졸업을 했으니 이제는 자기 곁에 두고 밑에서부터 일을 가르치면서 배우게 하겠다고 벼르고 있었다.

"얜, 어디 간 거야?"

드디어 한 회장의 음성에 노기가 띠기 시작했다. 엄마는 그가 들어오지 않은 것을 알고 있었다. 그런데 아직까지 들어오지 않은 것을 알면 한 회장의 불벼락이 떨어질까 노심초사했다. 엄마는 남편의 한 마디에 벌써부터 기가 죽어서 안절부절 하지 못했다.

"아까 들어왔었어요."

"근데 아까 들어온 애가 어디 간 거야?! 시간이 다 되어 가는데 말이야."

"올 거예요, 그래도 한두 살 먹은 애도 아닌데. 지들이 알아서 하겠죠……."

"뭐야?"

아내는 표독한 눈빛으로 쏘아보는 남편의 말에 움찔했다.

"그러니까 당신이 문제야아!"

"내가 뭘요? 지렁이도 밟으면 꿈틀해요!"

아내는 남편이 그렇게 쏘아붙일 때마다 꿈질거리면서도 지지 않고 같이 쏘아붙였다.

"이것 봐! 따박따박 어디서 말대답이야! 이봐, 당신이 이러니까 애들이 다 저러는 거 아냐! 물어 터져 가지고, 원. 사내자식이 피아노가 뭐야?"

"어머. 그게 어때서요? 그거 다 숭고한 예술이에요. 클래식요! 알지도 못하시면서 흥~."

"뭐어? 클래식, 그게 다 딴따라야~! 예술 좋아하네, 언제부터 흥~!"

한 회장은 아내를 조롱하듯 비아냥거렸다. 아내는 이내 새침한 눈을 하고 남편을 외면했다,

"동준?"

"자기 방에 있어요."

"그래도 그놈은 저래 뵈도 보기답지 않게 착실해. 벌써부터 사무실에 나가서 현장 일부터 해나가는 거 봐봐."

아버지는 흡족한 표정으로 '그놈이 내 뒤를 잇게 하겠다.'며 둘째를 아주 대견해 했다.

"아니, 이놈은 대체 어디 간 거야! 그렇게 내가 긴히 알아듣게 얘길 했건만, 으이구."

한 회장은 자기 성미에 못 이겨 화를 내고 있었다. 그때 동우가 현관으로 들어섰다.

"너 대체 어디 있다 오는 거야?!"

한 회장은 그를 보자마자 그간 속에서 끓인 것을 생각하며 노발대발

 나 괜찮아요,
뒤돌아보지 마세요

화부터 냈다.

"너어! 빨리 들어가서 옷부터 갈아입고 나와라! 그리고 저기 동주도 나오라고 해!"

엄마는 이층을 향해 가고, 동우는 그대로 뻘쭘하게 서 있었다.

"아니, 넌 왜 그렇게 있어! 빨리 들어가서 옷 입구 나와! 그 꼬락서니가 뭐야?"

그러나 동우는 미동도 없었다.

"너! 내 말 안 들리나?"

엄마는 이층으로 향하다가 우두커니 서 있는 동우를 뒤돌아보았다.

"걔는 그냥 두고, 일단 당신하고 너 여기 앉아 봐!"

한 회장은 가운데 소파에 앉고, 엄마와 동우는 뻘쭘히 서 있었다.

"뭐해? 앉지 않고!"

두 사람은 마치 죄인처럼 조심스레 소파에 앉았다.

"당신 내가 준비하라는 거 준비는 했어?"

"네, 걱정하지 마세요, 내가 한두 살 먹었어요, 귀먹은 할망구예요? 한 번 애기했으면 됐지."

"알았어요, 하면 그만이지 어디서 따박따박 말대답이야?"

아버지는 두 눈을 부릅뜨고 아내를 꼼짝 못 하게 쏘아붙였다. 아버지는 자기 호령에 꼼짝 못 하는 아내를 보며 자기 자신이 어떤 위엄과 권위를 갖는다고 생각하고 있었다.

"넌?!"

동우는 말이 없었다. 그런데 다시 아버지의 지청구가 이어졌다.

"넌 대체 그 몰골이 뭐야? 어? 그렇게 좀 외모에도 신경 써야 할게 아냐! 그렇게 일렀건만."

"아버지!"

아버지는 동우의 말을 들어 보지도 않고 말머리부터 잘랐다.

"거기 최 사장 막내딸 최정민인가 하는 아가씨 말야, 미모도 미모지만 경영학을 전공한 수재야. 내가 종종 봤는데 어디 나무랄 데가 없어. 넌 거기 가서도 또 음악이 어쩌고저쩌고 시건방 떨지 마라. 남자는 좀 과묵하고 자중한 맛이 있어야지! 난 니가 하는 거 그게 다 딴따라라고 생각해. 그리고 이게 다 당신 때문이야!"

"왜요?"

갑자기 겨누어진 남편의 화살에 아내가 화들짝 놀란 눈으로 남편을 보다가 동우를 보다가 한다.

"당신이 무슨 피아노야, 당신이 알아? 당신이 음악을 알아서 애를 피아노 학원에 집어넣어? 무신 음악이야, 음악은! 개뿔 딴따라지!"

아내는 너무 어이없다는 표정으로 남편에게 따지듯이 말했다.

"왜요, 내가 왜 음악을 몰라요? 우리 동우가 얼마나 음악성이 있다구요. 음악성 없는 애가 그렇게 피아놀 쳐요? 그게 다 날 닮은 거라구요."

"어이구 잘한다. 이게! 그게 그거지, 당신이 알아! 어?"

남편이 으름장 놓듯 구박을 지르자 아내는 '내가 말을 말아야지.'

 나 괜찮아요,
뒤돌아보지 마세요

하는 뾰로통하게 나온 입을 꼭 다물었다.

"저기, 아버지……."

동우는 할 말이 있다는 듯 작정한 표정으로 입을 열었다. 엄마는 동우의 표정으로 보아 아들이 어떤 이야기를 할지 이미 짐작하고도 남았다. 엄마는 동우에게 아버지 모르게 눈치를 살짝 보냈다.

"아버지, 저 거기 안 나갑니다."

한동안 한 회장은 아들의 말이 못 미더운 듯 잠시 말이 없었다.

"뭐, 안 나간다고? 왜?"

한 회장은 한 템포 죽은 듯 물었다.

"아녜요, 여보, 애는 나가요. 그렇지 동우야?"

엄마는 안절부절못하고 양쪽을 번갈아 가며 중재하려 안간힘을 썼다.

"왜! 대체 무엇 때문에 못 나간다는 거야?"

한 회장은 노기에 찬 어조로 물었다. 동우는 아버지의 그 노기 띤 성화에도 차분하게 입을 열었다.

"아버지, 저 사귀는 여자 있습니다. 그 여자랑 결혼할까 합니다."

"뭐! 결혼할 여자가 있어?

엄마는 마침내 올 것이 왔다는 듯 눈을 감았다. 이층에서 내려온 동생 동주도 한쪽 곁에서 그 말을 듣고 있었다.

"여보, 애가 지금 뭐라고 하는 거야, 이거?"

아버지는 자기 귀를 의심이라도 하듯이 재차 물었다.

"여보, 아녜요. 내일 동우가 거기 나갈 거예요. 동우야 그치?"

엄마는 더 큰 언쟁이 날 것 같아서 아버지와 아들을 중재했다.

"결혼할 여자가 있다고?"

한 회장의 어조는 아까와는 달리 낮았지만 강단 있었다. 무언가 금방이라도 터질 것 같은 음성으로 가라앉아 있었다.

"……네."

동우는 차분한 음성으로 아버지의 매서운 눈매를 응시했다. 피하지 않았다. 한 회장은 잠시 말을 않고 생각하는 듯했다.

"그래, 어떤 여자냐, 네가 결혼하겠다는 여자가?"

"……윤주라는 여자예요, 서윤주요."

"서윤주?"

"네."

"뭐하는 여자냐?"

"같은 대학에 다니고 있어요. 같이 졸업하구요."

"그래? 그럼 그 여자네 부모님은 뭘 하시는고?"

동우는 잠시 망설였다. 엄마는 안절부절못한 채 남편과 아들을 번갈아 보며 속으로 애만 끓였다.

"그 집에서는 뭘 하느냐 말이야!"

한 회장의 말이 철퇴처럼 내려졌다.

"……저기 면사무소에서 말년 정년 퇴임하셨어요."

아버지는 마음에 들지 않지만 그래도 잠잠히 받아들이는 눈치였다.

 괜찮아요,
뒤돌아보지 마세요

"어, 그래? 그럼 너는 정민이라는 아가씨는 정 싫다는 거냐?"

"네!"

동우의 대답은 명료하고 짧았다.

"정, 네가 싫다면 어쩔 수 없지 뭐!"

동우는 아버지의 부담스런 시선을 피해 시선을 내렸다.

"……면사무소에서 정년퇴임이라? 그러면 시골이겠구먼? 그럼 고향이 어디야?"

엄마는 마침내 올 것이 왔구나 하는 눈치였다. 동우는 잠시 망설였다. 아버지가 재차 물었다.

"왜 말이 없어?"

"청줍니다."

아버지의 눈이 번쩍 했다.

"그래? 청주면 같은 동향인데, 청주 어디야?"

동주가 머뭇거렸다.

"여보, 저어, 우리 고향에 서 주사 아시죠? 그분 딸이에요."

엄마가 동우를 도와주려는 듯 거들었다.

"뭐야? 그 면사무소 서 주사 얘기하는 거야?!"

아버지의 얼굴이 갑자기 일그러지기 시작했다.

"고작 네가 결혼하겠다는 여자가 그 시골 면사무소 주사네 집 딸이야?!"

"그래도 걔는 어려서부터 야무지고 인물도 그만 하면 예쁘장하잖아요. 그리고 졸업하구서 교원 시험도 본대요."

엄마는 어려서 예쁘장했던 윤주를 기억하듯이 떠올리며 말했다.

““씨끄러!”

한 회장이 아내의 말머리를 자르며 내지르는 불같은 호령이 쩌렁쩌렁하게 집안에 울렸다.

“누가 당신한테 물어봤어? 당신이 장가 가! 뭐야, 당신은 이미 알고 있었던 거야? 그러면서 나한테는 숨겼어?!”

한 회장은 아내를 윽박질렀다.

“숨긴 거 아녜요. 나도 지금 알았어요.”

엄마는 꼼짝 못 하고 숨죽이듯 얘기했다.

“시끄러! 당신이나 너나 다 똑같은 것들! 그러지 말고 지금 최 회장댁 그 정민이라는 아가씨랑 결혼해! 그게 너한테나 우리한테도 좋은 기회다. 내가 이 기회를 잡으려고 얼마나 공들인 줄 알잖아!”

그러나 동우는 마음의 동요가 일어나지 않는 듯 꿈쩍도 하지 않았다.

“니가 얘기하는 그 여자는 안 돼, 알겠냐!”

한 회장은 자리에서 일어나며 동우에게 단호히 호령했다.

“아버지가 싫다고 해도 저는 윤주랑 결혼할 겁니다!”

동우도 물러서지 않았다.

“뭣이라고! 그래도 결혼을 해?! 정 네가 그렇다면 여기 내 집에서 나가!”

한 회장은 거실 벽에 걸려 있는 죽도를 들고 동우를 내려치려고 달려들었다.

 나 괜찮아요,
뒤돌아보지 마세요

"이놈의 자식이 어디서 시건방 떨고 그래, 어? 그래도 부모가 널 망하게 할까 싶어서 그러냐! 다 너 좋으라고 그러는 거 아냐?!"

"여보!"

엄마와 동생 동주가 죽도를 휘두르는 아버지를 말렸다.

"아버지! 이러지 말고 말씀으로 하세요."

동주는 성이 안 풀려 씩씩거리는 아버지를 뒤에서 양팔로 껴안으며 말했다.

"니가 클래식인가 딴따란가 뭔가 할 때부터 내키지 않았다. 그래도 언젠가는 돌아오겠지 하고 밑도 끝도 없이 기다려왔다. 그런데 뭐? 면사무소 주사 집 딸하고 결혼을 해?! 절대 안 돼! 도저히 용납할 수 없다."

"……."

동우는 잠잠히 있었다.

"뭐가 좋다고 그런 촌구석의 주사 딸이야, 이 많고 많은 여자를 놔두고서! 그리고 난 그 서 주산가 뭔가 하는 사람 싫었다. 이젠 네가 결정을 해! 이 최 회장님 네와 결혼하는 것은 너 하나만을 위한 일이 아니야! 알겠어? 이게 다 우리 내일을 위해서 그러는 거야! 어쩌겠냐?"

한 회장의 설득에도 동우는 아랑곳하지 않았다. 다시 호령이 이어졌다.

"정 싫다면 내 집에서 나가아~! 그동안 재워 주고 먹여 주고, 입혀 주고 용돈 주고 하니까, 그게 공으로 보여? 너 같은 놈은 내

집에서 구제해 줄 필요가 없어! 지나가는 거지한테 주는 게 백 번 낫다! 여기서 나가! 얼른! 너 같은 놈은 꼴도 보기 싫다, 나가아~!"

"예에! 나가겠습니다!"

동우는 뒤도 안 보고 돌아 나섰다.

"저놈이! 그래 나가아!"

한 회장은 잡고 있던 죽도를 그대로 동우를 향해 던졌다.

"동우야!"

엄마가 나가는 동우를 잡았다.

"너, 이렇게 나가면 어딜 가려고 그래? 이러지 마라."

"형!"

"동주야, 엄마, 미안해요."

동주가 붙잡는데도 동우는 아랑곳하지 않았다.

"나가! 저 꼴 보기 싫은 놈!"

아버지는 나가는 동우의 뒤통수에 대고 퍼질렀다.

짙은 코발트 색 가을 하늘도 막바지에 이른 느낌이었다. 그 청명했던 하늘에 두텁고 짙은 잿빛 구름이 드리워져 있었다. 푸름을 자랑하던 담쟁이 잎은 계절의 변화 속에서 앙상하고 흉물스럽게 덕지덕지 붙어 있었다. 마지막 잎새처럼 가지 끝에 남아 있는 단풍 잎사귀는 이제 물이 빠질 대로 빠져서 가는 늦가을을 잡아 두려는 것 같았다.

윤주의 가스레인지 위 주전자에서는 물이 끓어 김이 모락모락

피어올랐다. 윤주는 커피 잔에 물을 붓고 식탁에 앉았다. 그녀는 커피 한 모금을 마시고는 잔을 내려놓고 손가락에 끼워져 있는 동우가 준 반지를 내려다보며 미소를 지었다. 그때 현관문 두드리는 소리가 났다.

"누구세요?"

윤주는 현관문으로 향했다. 문을 열자 동우가 여행용 트렁크 가방을 들고 서 있었다.

"오빠!"

동우의 모습에 윤주는 생뚱맞은 표정으로 물었다.

"무슨 일이야? 응?"

"나 좀 들어갈게."

동우는 트렁크를 끌며 안으로 들어갔다.

"오빠, 이건 뭐야, 응?"

윤주는 트렁크 가방을 보면서 물었다.

"윤주야, 나 집 나왔어. 나 여기 있어도 되지?"

"뭐? 집 나왔어요? 왜요, 응? 왜?"

윤주는 걱정을 하면서도 이미 어느 정도 상황을 짐작할 수 있을 것 같았다. 그녀는 어렸을 때 시골에서 본 한 회장의 성품이 어떤지 아련히 기억하고 있었다. 무서웠던 기억밖엔 없었다.

14
결혼

그해 겨울은 초입부터 따뜻했다. 일교차가 큰 탓인지 단풍은 짙어 갔고 까마득히 걸려 있는 몇 안 되는 단풍잎들은 크리스마스 전까지 이어졌다. 화이트 크리스마스를 기대했던 사람들은 시청에 걸린 대형 크리스마스트리를 보면서 마음을 달래고 있었다.

동우는 집을 나온 지 석 달이 되어 갔다. 윤주는 방에서 자고 동우는 거실에서 잤다. 그는 더 이상 이렇게 지내면 안 될 것 같았다. 윤주는 교원 임용고시 준비에 여념이 없었다. 그녀가 낮에는 도서관에, 밤에는 알바 때문에 밖에 있으니까 그래도 서먹한 느낌은 한결 덜했다. 그게 끝나고 서로 마주하고 있으면 정말 어색할 것 같았다. 그도 요즘 혼전 동거를 한다는 사람들을 더러 보곤 했지만, 지금 윤주의 옥탑 방에서 함께 기거하는 꼴이 정말 혼전 동거를 하는 기분이었다. 그는 그런 느낌을 그녀에게 느끼게 하는 것이 싫었다. 그는 하루라도 빨리 그녀와 결혼식을 올리고 함께 지내고 싶었다. 이것저것 따지지 않고 밀어붙이고 싶었다. 산 사람 입에 거미줄 칠까. 그녀도 그의 집에서 반대하고 있다는 것을 알고 있었기에 그가 결혼하자고 했을 때 선뜻 동의하고 나서고 싶지 않았다.

그는 그런 그녀의 마음을 얻으려고 오랜만에 청주에 가고 싶다며 그녀를 졸랐다. 시골에 계신 그녀의 부모님을 찾아뵈어야겠다고 생각했다. 동우는 그녀가 분명히 그것을 거절할 것을 알고 있었다. 그래서 슬쩍 거짓말을 했다. 시험으로 지쳤으니 고향으로 내려가 쉬고 오자고 말이다. 윤주는 그가 은근히 자기를 걱정해 주는 것 같아서 기분이 좋았다. 어차피 졸업하고 직장을 얻을 때까지는 집에 한 번쯤 내려가 봐야 할 것 같았다. 그에게 청혼 받았을 때 윤주는 이미 마음으로는 승낙을 백번도 더 했을 것이다. 그러나 그녀는 양가의 축복 속에 결혼하고 싶었다. 그게 여자의 마음이니까. 그래서 어쩌면 이번 교원 임용시험에 악착같이 매달렸는지도 모른다. 그것이라도 되면 반대하는 동우 부모님의 마음을 돌릴 수 있으리라 생각됐다.

윤주의 부모님을 만난 동우는 그 자리에서 윤주와 결혼을 하겠다고 말해 버렸다. 뜻밖에도 그녀의 부모님은 내심 반기는 기색이었다. 물론 그녀 부모님들이 보기에 걱정도 되긴 했다. 졸업하면서 직장이 있는 것도 아니고 보장된 그 무엇도 없었다. 하지만 그 두 사람을 보면 정말 잘 어울리는 한 쌍이라고 생각되었다. 그것은 동우의 배경에 대한 그녀 부모님의 욕심 때문이 아니었다. 또한 윤주를 한 회장 네 집으로 들여보내는 일도 그리 달갑지는 않았다. 하지만 동우와 윤주를 생각하면 천생연분처럼 보였다.

윤주의 부모님께 결혼 승낙을 얻어낸 동우는 어떻게든 빨리 결혼식을 올려야겠다고 마음먹었다. 하지만 윤주는 급작스런 그의 행동을 그리 반기지는 않았다. 그녀는 그가 집을 나온 것부터가 못마땅했고, 자신도 그의 부모님께 인사드리기 원했다. 그녀는 그가 말을 안 해도 그의 집에서 자신을 어떻게 생각하는지 어느 정도 짐작하고 있었으나 그의 부모님께 잘할 수 있을 거라고 믿었다. 속으로는 자신감도 있었다. 올라오는 고속버스 안에서 한 마디도 않고 창가로 고개를 돌린 윤주에게 동우가 말을 걸었다.

"왜?"

"……뭐가요?"

그제야 그녀는 그의 얼굴을 보며 입을 열었다.

"팅팅 부어가지고 조금만 있으면 터지겠다."

동우는 농담 투로 말했다. 윤주는 불만 가득한 눈으로 그를 보다가 다시 창가로 고래를 돌리는데, 동우가 재차 그녀의 팔을 잡으며 눈으로 물었다. 윤주는 그를 보다가 다시 창가로 고개 돌리다가 말했다.

"진짜 몰라서 그래요?"

동우는 이미 그녀의 마음을 알고 있으면서도 딴청 피우고 있었다.

"오빠네 부모님 안 찾아뵈요? 아무리 그래도 집 나오는 건 아니지. 나아, 자신 있어요. 그렇게 쉽게 기죽지 않아요."

동우는 미소를 띠었다.

"내가 여자 하나는 잘 봤지. 그래 그러자."

동우는 그녀를 꼭 안아주었다. 그는 그녀가 상처받지 않기를 바랐다.

그녀는 동우와 함께 그의 집을 찾아갔다. 분위기는 냉랭했다. 윤주의 예감대로였다. 그러나 그녀는 끝끝내 미소를 잃지 않았다. 그녀는 저녁을 짓는 동우 어머니를 도우면서 살얼음 같은 분위기를 반전시켜보려 애를 썼다. 그나마 예전 어려서 보았던 그 모습에 어머니와 동주는 간간히 웃음을 주고받았지만 어색한 분위기는 벗어나기 어려웠다. 한 회장은 그녀가 아내를 도와 만든 저녁을 드는 둥 마는 둥 하고 일찍 자리를 떴다. 한 회장이 윤주에게 보내는 찬 바람 같은 일종의 시위일 것이다. 동우는 그렇게 아버지에게 애써보려는 윤주가 안쓰러웠다. 그러나 아직 결혼 승낙을 얻어내지는 못했다. 윤주는 아무렇지 않은 듯이 보이려 애를 썼다. 저녁을 마치고 그녀는 거실로 과일을 내갔다.

"아버님, 나와서 과일 드세요."

윤주는 안방에다 대고 동우의 아버지를 불렀다. 이윽고 싸늘한 위엄 있는 표정으로 안방에서 한 회장이 나와 가운데 소파에 앉았다. 갑자기 그나마 화기애애했던 분위기는 오간 데 없고, 얼음 같은 딱딱하고 두터운 침묵만 흘렀다. 그 두터운 침묵을 깬 것은 한 회장이었다. 그러나 침묵을 깨며 윤주 아버지의 안부를 묻는 말이 그녀에게 큰 상처로 다가왔다. 한 회장은 그녀를 가족으로 받아들일 수 없다고 말했다. 더군다나 동우에게는 이미 정혼한 여자가 있다고까지 얘기했다. 그러면서 그녀에게 동우의 곁을 떠나달라고 했다. 순간 그녀는 태연한 척하려 했으나 난색이 되는 걸 막을 수 없었다.

동우는 더 이상 윤주가 상처 받는 게 싫었다. 그는 윤주의 손을 잡고 끌어내려 했다. 하지만 윤주는 거기서 그의 손에 끌려나오고 싶지 않았다. 여기서 이렇게 나가면 결국 지는 것이라고 생각했다.

 나 괜찮아요,
뒤돌아보지 마세요

그녀는 그의 아버지를 설득시키고 싶었다. 동우를 사랑하고 앞으로 열심히 동우 씨 가족으로서 노력을 다할 것이라고 말했다. 그러나 한 회장은 어림도 없었다.

그녀는 그의 집을 나오면서 동우가 감싸주는 손길이 더욱 따뜻하다고 느꼈다. 윤주는 말없이 위로의 표정을 짓는 동우에게 미소를 지어 보였다. 그녀는 그의 손길보다 더욱 세게 그를 끌어안았다. 그가 집을 나온 이유를 이제야 알 것 같았다. 그의 집에서 정해준 여자 때문에 아버지와 가족을 등지고 자기를 선택한 동우가 고맙고 미안하고 안됐고, 그래서 눈물이 나는데, 그렇게 보일 수가 없었다. 천성이 밝은 그녀의 구김살 없는 얼굴을 보니 동우는 마음이 더욱 짠해 왔다.

4월에 두 사람은 교외의 자그만 성당에서 결혼식을 올렸다. 동우 쪽에서는 엄마와 동주가 참석했고, 윤주 쪽에서는 부모님과 오빠, 그 피아노 학원 원장이자 엄마의 친구인 이모가 참석했다. 예전에 윤주의 부모는 동우 엄마와 스스럼없이 지냈었다. 그러나 오늘은 모든 예의를 다해서 엄마에게 인사를 건넸고, 엄마는 친구로서 이모에게 아쉬운 마음을 전했다. 그와 음악을 함께하는 친구들, 그리고 윤주의 단짝 친구가 하객으로 참석했다. 결혼식은 검소하고 소박했지만, 천상을 울리는 아름다운 음악과 시가 있었다. 웨딩드레스를 입은 윤주는 심플하면서도 우아했다. 동우는 예쁜 윤주를 보며 싱글거렸다. 음악 친구들이 그에게 한 마디 지청구를 놓았다. 일순간 웃음이 성당 안에 작고 맑은 파도를 일으켰다.

신부님 앞에서 결혼서약을 맹세하며 반지를 그녀 손에 끼워 줄 때 동우는 눈물지었다. 동우의 친구들이 축가를 연주해 주었다. 그 소리가 성당에 아름답게 울려 퍼졌다. 동우의 축시가 이어졌다.

　나 그대를 사랑하네
　꽃잎을 피우는 4월의 봄처럼 나 그대를 사랑하네
　4월의 바람처럼 항상 그대 곁에서 사랑을 노래할 것이라네
　그대를 향한 나의 사랑은 풀리지 않은 마법처럼 영원히 변치 않을 것이라네
　이제 나는 그에게로 가고, 그는 나에게로 오네
　그는 나의 동서남북이고 해이고 달이고
　밤하늘에 빛나는 별이고 바람이고 꽃이라네
　하늘에다 쓰고 싶네
　하늘에서 떨어진 꽃씨가 내 안에서 사랑을 피웠다고

　결혼식이 끝나고 두 사람은 성당 마당으로 나왔다. 4월의 정령인 벚꽃이 흐드러지게 흩날렸다. 그들은 가족, 친구들과 인사를 마치고 곧장 오색 테이프를 매단 결혼식 세단에 몸을 싣고 공항으로 달렸다.

15
신혼여행

그들은 유럽으로 신혼여행을 떠났다. 동우는 세 개의 여행을 하는 것이 꿈이었다. 제일 먼저 체코의 프라하와 그 옆에 붙은 헝가리의 부다페스트를 가보고 싶었다. 그곳이 유럽의 나라들 중에 중세 문화가 가장 많이 남아 있는 나라이기 때문이었다. 두 번째로 가보고 싶은 곳은 베네치아였다. 그곳은 너무 아름다운 도시어서 한 번 더 가보고 싶었다. 마지막으로는 헤밍웨이가 즐겨 찾던 나라였다는 쿠바를 가보고 싶었다. 쿠바의 음악을 듣고 싶었던 것이다. 쿠바 음악은 남미 흑인의 리듬감과 춤에다 백인의 리듬이 섞여 있다. 라틴 재즈 음악이 발달한 나라였기 때문에 한 번쯤은 직접 가서 들어보고 싶었다. 그래서 그는 늘 윤주에게 세 개의 여행을 하게 해주겠다고 입버릇처럼 말했다. 그녀는 그의 말이 세계 여행을 시켜주겠다는 말처럼 들려서 좋아하곤 했다. 그래서 이번 신혼여행 때 유럽 두 나라를 가보기로 했던 것이다.

그들은 첫날 밤 장장 열다섯 시간이라는 긴 시간을 비행기에서 보냈다. 첫날 밤 첫 키스도 못 하고 보낸 것이다. 유럽의 4월은 아직도 한겨울이었다. 두 사람은 도심 근처 민박에 여장을 풀고 프라하 거리로 나섰다. 체코 프라하는 1000년 역사를 지닌 도시답게 작은 골목부터 거대한 성까지 중세의 흔적이 고스란히 남아 있었다. 그 붉은색의 지붕들을 보면 우중충한 겨울인데도 따뜻한 오렌지색 유화를 보는 느낌이 들었다. 그 거리 골목들의 풍경은 마치 유럽 화가들이 그린 풍경과 매우 흡사했다. 꽤나 오래된 유물인데 볼수록 그 멋이 새롭게 우러나오는 것 같았다.

  프라하의 거리는 그 자체가 박물관이라는 느낌을 줄 만큼 고딕, 로마네스크, 바로크 등 다양한 양식의 건물이 곳곳에 서 있다. 유네스코가 세계 문화유산으로 지정할 만큼 역사적, 문화적 유산이 풍부한 아름다운 도시였다. 프라하의 신시가는 체코에서 가장 번화한 지역으로서 현대적인 건물과 상점들이 모여 있다. 구시가는 고풍스러운 건물들이 있어 관광객들로 항상 붐빈다. 두 사람은 프라하 바츨라프 광장의 한 카페에서 차를 마시며 영화에서 나오는 것 같은 분위기를 느껴 보기도 하고, 프라하의 불타바 강바람을 맞으며 강가를 걸어 보기도 했다. 그 다리 위에서 유럽의 젊은 연인들이 키스하며 사랑을 속삭이는 모습을 보면서 윤주는 동우와 키스를 나누고 서로 수줍어하며 웃곤 했다. 저녁쯤이 되면서 한낮의 온화한 햇볕이 사라지더니 날씨가 을씨년스러워졌다. 땅거미가 지는 강가의 해질녘 풍경은 고즈넉하고 아름다웠다.

  밤거리의 도심 풍경은 또 다른 중세풍의 석조 건물들에서 뿜어져 나오는 맛이 있었다. 그들은 지칠 줄 모르게 돌아다녔다. 한 사람이 겨우 다닐 만한 긴 골목에는 신호등이 있어서 이쪽과 저쪽에서 오가는 사람들이 그 신호에 의해서 가고 오고 있었다. 그들은 신호가 떨어지자마자 건너가기 시작했다. 중간쯤 갔을 때 문득 동우가 윤주에게 키스를 했다. 당황스러웠지만 그 좁고 밀착감이 있는 공간에서 키스를 받는다는 것이 순간 짜릿했다. 골목을 나온 그들은 어느 작은 맥주 집으로 들어갔다. 사람들로

 나 괜찮아요,
뒤돌아보지 마세요

붐볐고 기타 소리도 흘러나왔다. 그들은 맥주를 마셨다. 맥주의 종류가 우리와는 비교도 할 수 없을 만큼 많고 값도 싸서 부담이 없었다. 정말 맥주의 나라다웠다. 기타와 바이올린 소리는 결혼식을 마친 하객들의 뒤풀이를 하던 중이었다. 맥주를 마시던 동우는 그 흥겨운 소리가 끝나자 홀 한 쪽에 놓인 피아노로 다가가 연주를 시작했고, 나중에는 그네들과 합주를 했다. 그들은 같이 합석하며 동양에서 온 두 사람을 환대했다. 그리고 나중에는 윤주가 예전처럼 멋들어지게 노래를 불렀다. 그러자 거기 모인 사람들이 환호를 보냈다.

그들은 시내버스에 올라 숙소로 향했다. 얼굴이 발그레 해진 윤주는 동우의 어깨에 머리를 얹었다. 그리고 동우의 농담에 그녀는 피식 웃다가 머리를 떼고 웃었다. 그들은 숙소 근처에서 내렸다.

"어, 달 떴네."

그의 팔짱을 낀 윤주가 달을 보며 말했다. 달빛이 고즈넉하게 내렸다. 도심에서는 달이 떴는지 몰랐었다.

"윤주야,"

"응?"

"너 말야, ……나 없으면 혼자 살 수 있어?"

동우가 살짝 웃는 얼굴로 말했다.

"……글쎄, 생각 안 해봤어, 오빠?"

"나아? ……못 살 것 같은데, 너 없으면."

달빛을 바라보던 동우가 그녀에게 말했다. 윤주는 그의 팔짱을 풀며 나란히 걷던 걸음을 멈추었다. 몇 걸음 걷던 동우가 그녀를 돌아보았다. 달빛 속에서 그녀의 눈동자는 물기에 젖어 살짝 빛났다. 그의 입술이 다가왔다. 그의 따뜻한 품속으로 그녀는 들어갔다.

이틀 후, 부다페스트로 가기로 한 날이었다. 때늦은 강풍에 폭설이 내려서 교통편이 마비되었다. 그들은 하는 수 없이 하루를 더 프라하 민박에서 보낼 수밖에 없었다. 윤주는 어제 강바람을 맞은 탓인지 감기 기운이 있어서 하루 푹 쉬고 싶었다. 그러나 동우는 하루를 무료하게 보내는 것이 그렇게 지루하게 느껴질 수가 없었다. 그런 모습을 침대에 누워서 바라보던 윤주는 스키라도 타고 오는 게 어떻겠냐고 동우에게 제안을 했다. 그는 그녀의 말에 갑자기 스키를 타고 싶은 욕구가 생겼다. 체코의 겨울 스키와 크로스컨트리는 제법 유명한 데다 대여료도 싼 편이었다. 동우는 윤주를 남겨두고 숙소를 나와 스키장으로 가는 버스에 올랐다.

윤주는 약을 먹고 한잠 자고 난 뒤 개운하게 눈을 떴다. 어스름히 해가 지는데 동우는 아직 돌아오지 않았다. 창밖으로 보이는 눈발은 갈수록 심해지는 것 같았다. 기상은 저녁 시간이 되어 갈수록 더 악화되어 갔다. 그녀는 점심을 먹지 않은 탓인지 갑자기 허기를 느꼈다. 동우를 기다리다가 지친 그녀는 근처 식당에서 혼자 저녁을 먹었다. 식당까지 가는데도 눈앞이 보이지 않을 만큼 눈이 많이 내렸다. 식사를 마치고 숙소로 돌아온 윤주는 아직까지 동우가 연락이 없자 갑자기 겁이 나기 시작했다.

다음날에도 동우는 소식이 없었다. TV에서는 기상으로 악화된 눈 소식만 시간마다 내보내고 있었다. 윤주는 안절부절못했다. 그녀는 어떻게 해야 할지 몰랐다. 휴대폰 연락도 안 되고 어디서도 그의 소식은 없었다. 그렇게 걱정스럽고 근심스런 밤이 지나고 또 하루가 지났다. 기상 악화로 인해서 철도와 항공 교통은 두절되고, 스키장에서 산사태가 일어났다는 화면이 나오고 있었다. 실종자 소식도 나오는 것 같았다. 윤주는 가슴이 철렁 내려앉았다. 그녀는 정말 이 낯선 나라에서 대체 어디서 뭘 어떻게 해야 좋을지 몰랐다. 윤주는 그대로 체코의 한국 영사관을 찾아갔다.

16
실종

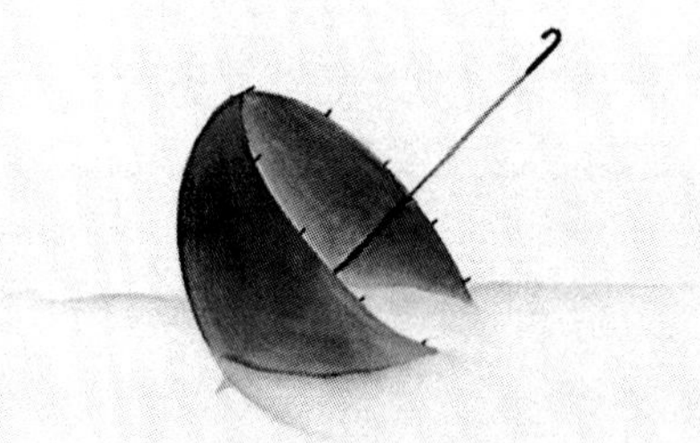

일주일 뒤 윤주는 혼자서 한국행 비행기에 몸을 실었다. 돌아오는 그 긴 시간 내내 눈물 바람이었다. 옆 좌석에 앉은 같은 교민이 윤주에게 어디 아프냐고 물었다. 하지만 그녀는 가슴에 통증이 온 것처럼 끙끙 앓는 옹알이 소리만 해댔다. 윤주는 체코에서 독일 영사관으로 이송되었다. 하지만 동우의 생사 여부는 그 어디서도 확인되지 않았었다. 뜻밖의 폭설로 유럽은 그야말로 모든 것이 마비되었다. 동우가 갔던 그 스키장에서는 산사태가 일어나서 수 명이 실종 또는 매몰되었다고 했다. 그 중에 동우의 소식은 없었다.

실종이었다. 실종된 사람을 찾는 데는 몇날며칠이 걸릴지 모른다고 했다. 더구나 해외 공관에서 자체적으로 찾는 데는 한계가 있고, 그곳 출입국 관계자와 일선의 수색 관계자와의 공조가 이루어져야 하므로 단정 지을 수가 없다고 했다. 길고 긴 인내와 지구력의 싸움이었다. 윤주는 마냥 그곳에 머물러 있을 수만은 없었다. 그래서 그에 대한 소식이 있으면 연락 받기로 하고 일단 비행기에 몸을 실었다. '내가 무슨 잘못을 했나요? 그 사람을 앗아갈 만큼 내가 그렇게 미운가요? 어떻게 이럴 수가 있어요? 예?! 내가 무엇을 잘못했나요? 내가 살면서 큰 죄 지은 적도 없고 남에게 몹쓸 짓을 하거나 사기를 친 적도 없는데, 왜 나한테 이런 일이 일어나야 하나요? 왜! 왜! 왜요!' 윤주는 하늘에다 화풀이를 해대듯 마음속으로 이렇게 울부짖었다.

신혼집으로 돌아온 윤주는 며칠 만에 눈을 떴다. 악몽을 꾸고

난 것 같은 비몽사몽이었다. 눈을 뜨고 살아 있다는 사실이 괴로웠다. 거실 개수대에서 커피를 끓이는 동우가 서 있는 모습이 보이고, 식탁에서 밥 먹다가 웃는 그의 모습이 실제로 있는 것같이 보였다. 곳곳에서 그의 체취가 묻어나왔다. 윤주는 그만 얼굴을 두 손으로 가리고 주저앉아 울고 또 울었다. 운명의 여신은 질투의 여신인가 보다. 그렇게 우리의 사랑이 얄밉게 보였나. 나에게서 사랑하는 사람을 앗아가다니! 우리가 사랑한 것이 그렇게 잘못된 일인가. 내 운명은 사랑하는 남자를 잃고 살아야 하는 운명인가?

윤주는 체코 영사관으로 전화를 했다. 그러나 동우에 관한 소식은 아직 오리무중이었다. 이렇게 마냥 그의 소식만을 기다리고 있을 수는 없었다. 그의 집을 찾아가서 사실을 알려줘야겠다고 마음먹었다. 동우의 집으로 향하는 그녀의 발걸음은 도저히 떨어지질 않았다. 대체 무엇을 어떻게 얘기할까? 그 집을 찾아가기가 죽기보다 싫었지만 일단 사실을 알리는 게 도리라는 생각이 들었다.

이미 그의 집은 초상집이었다. 체코 영사관에서 벌써 그의 집으로 연락을 해왔다. 이보다 더 얼음장 같은 살벌한 공포가 어디 있을까? 윤주는 숨 쉬는 소리조차 버거웠다. 윤주에 대한 한 회장의 노기는 극에 달해 있었다. 그래도 그간 윤주에 대한 감정이 덜했던 어머니조차 그녀에 대한 미움이 극해 달해 있었다. 머리를 싸매고 누운 채 끙끙 앓고 있었다. 그러나 윤주는 무릎을 꿇고 한 회장에게 매달리다시피 애원을 했다.

"아버님! 그이를 찾게 도와주세요."

그녀는 한 회장 정도면 충분한 능력과 재력이 있다는 것을 알았기 때문에 울부짖듯 애원했다. 그가 살아 돌아온다면 그와 헤어지겠다고 서슴없이 다짐했다. 하지만 한 회장은 싸늘했다. 아들을 잡아먹은 년이라고 욕하며 뺨을 때렸다. 그러나 고통을 느낄 수가 없었다. 오히려 아들을 잃은 부모의 마음을 이해했다. 이 마음이 이렇게 아픈데, 저 가슴은 오죽할까 싶었다. 차라리 자기가 죽었으면 싶었다. 그게 나을지도 모를 일이다. 그의 부모님 말대로 자기가 그를 죽게 했을지도 모른다고 생각했다. 여기까지 생각이 미치자 못 견디게 가슴이 아팠다. 숨을 쉴 수 없을 정도로 가슴에 통증이 느껴졌다.

윤주는 한 회장 집을 나오면서 앞을 분간할 수 없을 만큼 눈물이 흘렀다. 그간 얼마나 밤새워 기도했던가. 그가 살아 있기만을 간절히 기도하고 또 기도했다. 그런데 그의 집에서는 이미 그가 죽은 것으로 생각하고 있었다. 그도 그럴 것이 벌써 실종된 지 이십 일이 되어가고 있었기 때문이다. 윤주는 모든 것을 상실한 느낌이었다. 자기가 어디에 있어야 할지도 몰랐고, 어떤 일도 손에 잡히지 않았다. 그날 그녀는 정처도 없이 목적도 없이 발길 닿는 대로 무작정 길을 떠났다. 버스를 타고 내리고 걷고, 버스를 타고 걷고 또 걸었다. 가슴에 눈물을 가득 안고 걷고 걸었다.

비릿한 바다 냄새가 바람결에 불어왔다. 윤주는 걷다가 더 이상 갈 수 없는 어느 시골 자그마한 포구에 다다랐다. 초봄의 바다 냄새였다. 계절이 바뀐 바다에서 연한 미역 냄새가 봄볕의 아지랑이처럼 스멀거리며 올라왔다. 해는 서쪽 수평선 위를 지나가는 새털구름을 장밋빛으로 물들이고 있었다. 윤주는 갯바위에 털썩 주저앉아 울었다. 저 붉게 져가는 땅거미를 보며 울고 울었다. 이제는 지쳤다. 마음은 전혀 그런 기미가 없는데, 몸은 이상하게도 움직일 수가 없었다. 그녀는 어떻게 여기까지 왔는지, 또 여기가 어딘지도 알지 못했다. 순간 속에 막혀 있던 것이 그녀의 위장을 타고 올라와 토했다. 먹은 것이 없어서 노란 위액만 쏟아져 나왔다. 그만큼 속병을 앓았던 것이다.

해질녘 불어오는 바닷바람이 고개를 숙이고 있는 그녀의 긴 앞머리를 흔들어 놓고 지나갔다. 그제야 저 멀리 수평선 밑으로 가라앉은 노을을 보았다. 막혔던 긴 한숨을 내쉬었다. 속이 뚫리는 것 같았다. 그렇게 흘리고 흘린 눈물이건만, 또 하염없이 흐르고 있었다. 푸르스름한 어둠이 바다 속으로 깊이 내려앉았다. 윤주는 못 먹는 소주를 병째 마셔댔다. 소주 냄새가 역하게 코끝을 아려왔지만, 눈 딱 감고 소주병을 입에 갖다 대었다. 목구멍을 타고 흐르는 소주는 그녀의 속을 따끔하게 앓게 했다. 금세 취기가 올라왔다. 그렇게 가슴 졸이며 통증을 가져다 준 슬픔도 어느새 사라졌다. 살 것 같은 기분이 들었다. 머릿속은 텅 비어 있었다.

그녀는 갑자기 배시시 웃더니 자리에서 일어나 동우의 이름을 부르며 만조가 된 바다로 다가갔다. 사위는 너무나 조용했고 들리는 것은 소곤대며 철썩이는 파도 소리뿐이었다. 그녀는 주검과

 나 괜찮아요, 뒤돌아보지 마세요

같은 어둠이 내린 바다 속으로 들어가고 있었다. 동우가 바다에서 그녀를 향해 손짓을 했다.

"오빠아? 오빠아~!"

그녀는 검은 바다 위에서 손짓하는 동우를 따라 바다 속으로 들어갔다. 그를 향한 그리움을 잡아내려는 듯 그를 향해서 바다로 바다로 들어가고 있었다.

17
바다의 연꽃

윤주가 게슴츠레 눈을 떴다. 여기가 어디인지 전혀 알 수 없었다. 그동안 동우와 즐겁게 같이 있었는데 그가 안 보인다. 여기가 오빠가 있는 천국인가? 그런데 오빠가 안 보인다. 나를 놔두고 다른 곳으로 간 것일까? 사방을 살펴보니 어느 방안의 이부자리에 자신이 누워 있다. 몸을 일으키려 해도 말을 듣지 않는다. 몸도 아프고 머리도 안 아픈 데가 없다. 자세히 보니 허름한 시골집 방인 것 같았다. 그녀는 어렴풋이 지난 생각이 떠올랐다. 그래, 맞다. 오빠가 그 밤바다에서 나를 부르고 있었다. 그래서 그를 만나려고 바다로 들어갔었다. 윤주는 지친 상체를 일으켜 앉았다. 그런데 어떻게 여길 왔을까? 누구의 집일까? 그 방 안에는 낚시와 어구들이 걸려 있었다. 그때 웬 30대 중후반의 건장한 남자가 소반에 죽을 담아 가지고 들어왔다.

"어구, 일어나셨시유, 이제 정신이 들어유?"

윤주는 이불자락을 끌어 모으며 경계하는 눈으로 물었다.

"누우구세요?"

덕수는 소반을 그녀 옆에다 내려놓으며 말했다.

"아이, 생각 안 나시나배유?"

"근데, 내가 어떻게 여길 왔나요?"

"얼레, 참말 생각이 안 나시나 보네요. 마침 거길 내가 지나다 봤으니께 시방 지금 살아 있는 거예유. 근디, 무신 젊은 색시가 힘은 그리 세대유. 내가 끌다가 도로 같이 들어갈 뻔했다니께유우."

윤주는 그제야 모든 정황을 알 것 같았다.

"무신 일인지는 모르지만, 왜 그리 젊은 색시가 죽는대요, 그래? 살다 보면 모든 것은 다 잊어져요, 아픈 것도 그렇구유. 좋은 일도 그러유. 사는 게 지나 보면 별 거 아니라는 말이 그래서 나오는가배유? 웬만하면 나쁜 생각일랑 그만허시고……, 그러다 보문 다 좋아지게 돼 있시유. 자, 이 죽 먹고 기운 차리시고 일어나셔야쥬?"

윤주는 이불을 끌어안고 고개를 파묻은 채 소리죽여 또 울었다. 자신의 신세가 그렇게 한탄스러울 수가 없었다. 운명은 어찌 이리 야박하게 이러지도 저러지도 못한단 말인가. 그냥 그렇게 놔뒀으면 얼마나 좋았을까 싶은 생각이 들며 덕수가 야속하게 생각되었다.

그녀는 태안 끝자락의 작은 포구에서 덕수와 함께 지냈다. 그녀가 갈 수 있는 곳은 어디에도 없었다. 시골집으로 내려갈 수도 없었다. 아니, 가고 싶었지만 갈 수가 없었다. 보나마나 이런저런 말들이 나돌 것이다. 그러면 가족들의 상심이 클 것이다. 모든 연락을 다 끊고 이 포구에서 지냈다. 애달프고 그리운 동우의 소식을 기다리기가 겁이 났다. 그래서 모든 연락을 다 끊어 버렸다. 윤주는 시간만 나면 포구에 나가서 하염없이 울다가 오곤 했다. 그렇게 못 잊어서 괴롭고 힘든 하루하루가 포구의 바닷바람에 파도처럼 쓸려왔다 쓸려가고 있었다. 그러나 태양은 죽을 것만 같은 그녀와는 상관없이 아무렇지도 않게 떴다가 수면 밑으로 평온하게 가라앉았다. 세상은 아무렇지 않게 지나가고 있었다.

덕수는 그런 그녀를 말없이 애처롭게 바라만 보면서 지극

정성으로 보살폈다. 윤주는 그의 정성에 아픔이 서서히 가슴
밑바닥 속으로 가라앉는 것을 느꼈다. 덕수가 바다에 나가면
집에서 일을 해주었다. 30대 중반을 넘긴 노총각 덕수는 윤주가
집에 있다는 것에 신명이 나 있었다. 마을에서 수군대곤 했지만
그는 그까짓 마을 사람들의 말에 신경 쓰지 않았다. 윤주와는
달리 그녀와 함께하는 세월이 그에게는 아름답기만 했다.

18
해우

긴 기억의 터널에서 빠져나온 윤주는 그렇게 흘린 눈물이건만 또다시 눈물을 흘리고 있었다. 그런데 어떻게 그가 살아 있을까? 죽은 줄만 알고 있었는데 그이가 살아 있다니. 꿈이 아닐 수 없었다. 혹시 꿈이 아닐까? 그렇게 애타게 찾고 기다린 세월이 얼마였던가? 그가 살아 있다면 왜 나를 찾지 않았을까? 그런데 나를 몰라보는 것 같았다. 왜 나를 몰라볼까? 나는 대번에 알아봤는데. 그가 다시 나를 찾아올까? 그리고 그 여자는 누구일까? 결혼은 했을까? 윤주는 온갖 생각으로 머리가 번잡하여 잠을 잘 수가 없었다.

다음날 강남 베이커리로 출근한 윤주의 입성이 오늘 따라 유난히 신경 쓴 모양새이다. 혹시 동우가 오지는 않을까 하는 기대감 때문이었다. 그러나 그녀의 기대는 오전이 가고 오후가 되도록 이루어지지 않았다. 그녀는 틈만 나면 창가에서 서성거렸다. 그러나 그는 나타나지 않았다. 왠지 하루 종일 일이 손에 잡히지도 않았고, 그간 손님들과 유쾌하게 대화하던 모습도 사라졌다. 문소리가 나면 기대에 찬 모습으로 돌아보곤 했다. 하지만 기대는 계속 빗나가기만 했다. 늦은 오후가 되자 윤주는 동우가 오리라는 기대감을 접고 아르바이트생과 교대를 한 뒤 은서를 데리러 가게 문을 나섰다.

"윤주야~!"

그때 누군가 그녀를 부르는 소리가 들렸다. 윤주가 돌아보았다. 오늘 내내 기다리고 기다렸던 한동우였다. 어제 보았던 동우였고,

또한 그렇게 열렬하게 사랑했고 그리워했던 나의 사람 나의 남자 한동우였다. 그녀는 온몸에 힘이 쭉 빠진 듯 움직일 수가 없었다. 그가 그녀 앞으로 다가섰다.

"윤주?"

'네, 그래요. 내가 당신의 서윤주예요.'

그녀는 메아리치듯 그렇게 말을 하고 있는데, 입이 열리지 않고 눈을 똑바로 뜨고 그를 바라볼 수가 없었다. 동우는 다가와서 그녀의 얼굴을 어루만졌다. 그의 기억 속에서 사라졌던 파편들이 다시 살아나기 시작했다. 그녀는 어느새 앞에 서 있는 동우의 모습의 흐려지기 시작했다.

"오빠~."

그녀의 음성은 가느다랗게 떨리고 있었다.

"윤주야!"

그의 음성도 물기를 먹은 듯 떨렸다. 옛적에 그의 아내가 된 윤주였다. 동우는 모교를 찾아가서 학교 때 같이 연주를 했던 그룹 멤버들을 알아냈고, 그들로부터 윤주에 대한 이야기를 자세히 듣게 되었다. 그리고 윤주라는 여자가 어제 빵집에서 묘하게 끌리던 그 여자라는 것을 알게 되었다. 그래서 해가 기울어가는 해질녘에 그녀를 찾아온 것이다.

찻집에서 찻잔을 마주한 두 사람은 할 말이 너무 많았다. 하지만 서로 쉽게 말문을 열지 못했다. 눈물만 흘릴 뿐이었다. 지난 시간의 기억들이 무거워서 마음 놓고 풀지 못할 것 같았다. 십 년 만의

 나 괜찮아요, 뒤돌아보지 마세요

해후였으나 마땅히 갈 곳이 없었다.

윤주는 그간 동우가 유럽에서 당한 스키 사고로 기억이 없어졌으며, 미국에서 재활 치료를 받았다는 사실을 알게 되었다. 그녀는 마음이 아팠다. 그가 기억도 없이 그렇게 많은 고통의 세월을 보내고 있으리라고는 생각을 못 했었다. 그가 이렇게 살아 있다는 게 너무 감사했다. 그리고 예전에 동우가 정혼하기로 했던 여자가 지금의 정민이라는 것도 알게 되었다.

윤주는 자기를 기다리고 있을 은서를 찾으러 가야만 했다. 하지만 그에게 은서 얘기를 하고 싶지는 않았다. 그런데 동우는 굳이 같이 따라 나서겠다고 했다. 그녀는 난감했다. 결국 그녀는 그동안 일어난 일들을 그에게 이야기했다. 결혼은 안 했지만 아이가 있고 아이 아빠와는 같이 살고 있지 않다고 말했다. 그리고 그가 스키 사고가 난 뒤 그녀 자신도 이미 죽었었다고 말했다. 그때 목숨을 구해준 사람이 아이 아빠라고 말해주었다. 동우는 그간 자기 때문에 마음고생이 심했던 윤주에게 너무 미안해서 마음이 아프고 눈물이 났다.

"안녕?"

말똥거리는 눈으로 바라보는 은서에게 동우가 인사를 건넸다.

"이름이 뭐야?"

은서는 다시 엄마를 쳐다보았다. 윤주는 미소로 괜찮다고 은서에게 눈으로 말해주었다.

"……은서, 서은서."

"은서? 이름도 이쁘네."

동우가 미소를 띠며 말했다. 은서는 정말 예쁜 아이였다. 그가 은서를 꼭 안아 주는데 왜 그렇게 눈물이 나는지 알 수가 없었다. 옆에서 바라보던 윤주도 눈시울을 붉혔다. 그는 이 끈을 두 번 다시 놓고 싶지 않았다. 그날 밤 동우는 윤주의 집에서 밤을 지새웠다. 동우의 기억 속에 남아 있는 아내였던 윤주가 지금도 나의 아내라고 생각했다. 그는 아직도 자신의 아내라고 생각하는 윤주를 도로 찾고 싶은 욕구가 생기기 시작했다.

"은서, 참 예쁜 아이야. 당신 참 많이 닮았어."

동우는 잠자는 은서를 내려다보며 말했다. 그날 밤 두 사람은 처음에 신혼여행을 보냈던 밤처럼 그렇게 서로에게 의지하며 밤을 보냈다. 윤주는 그토록 열망처럼 잊지 못했던 그 사람이 앞에 있는 게 믿기지 않았다. 그 많은 세월이 그에 대한 그리움을 앗아간 줄 알았는데 그렇지 않았었던 것이다.

두 사람은 서로를 말없이 바라보는 것만으로도 충분했다. 아무 말 하지 않았다. 그 긴 침묵 속에서도 그들의 눈빛은 수많은 얘기를 주고받았다. 동우는 말없이 눈물만 흘리는 그녀의 뺨을 쓸어내렸다. 어두웠던 윤주의 방안이 새벽녘 빛에 차츰 밝아왔다. 윤주는 동우의 어깨에 기댄 채 자고 있었다.

19
또 다른 시작

정민은 밖이 훤히 보이는 유리로 된 고층건물 사무실에서 봄에 뉴욕 지점으로 출하할 상품들을 점검하고 있었다. 실내에는 베토벤의 피아노 협주곡 5번 2악장 아다지오가 흐르고 있었다. 그때 한 회장으로부터 전화가 걸려왔다.

"네. 회장님……, 네? 동우 씨요? 아녜요, 같이 안 있었어요. 네."

정민은 눈을 동그랗게 뜨며 되물었다.

"안 들어왔다구요? 그저께까지 같이 있었지만 어디 있는지는 모르겠어요. 연락해 보시지요. 네? 연락이 안 된다구요? 알겠습니다. 네네."

정민은 수화기를 내려놓고 창가로 다가갔다. 동우가 어젯밤 안 들어왔다는 것이다. 그가 어딜 간 것일까? 갑자기 정민은 모든 초점이 그에게로 쏠렸다. 그에게 휴대폰으로 전화를 걸었다. 그러나 신호가 갈 뿐 받지 않았다. 여자의 직감이 작용하기 시작했다. 혹시 그가 결혼했다던 그 여자를 찾은 게 아닐까. 그 생각이 순간 뇌리를 스쳤다.

윤주는 은서를 어린이집 노란 버스에 태워 보낸 뒤 동우와 전철을 타고 강남으로 출근을 했다. 이게 얼마 만에 맛보는 행복감인가. 정말 꿈같은 일이었다. 아침에 세 식구가 진짜 가족처럼 아침을 차려 먹었다. 그녀는 그 복잡한 출근길에 운 좋게 그와 자리를 잡고 앉았다. 그녀는 그의 손을 꼭 잡았다. 두 번 다시 놓고 싶지 않았다. 동우는 그녀에게 미소를 지어 보였지만, 머릿속에서 많은 생각들이 오고갔다. 우선 윤주가 사는 집을 옮겨 세 식구가 같이 살 생각이었다. 동우는 그녀를 강남 베이커리 가게까지 배웅해 주고 집으로 돌아왔다. 안으로 들어서자 이미 정민이 와 있었다.

"어, 왔어요?"

한 회장과 김 여사의 분위기가 사뭇 살갑지 않았다.

"동우 씨, 어디 있었어요?"

정민이 예리한 눈매로 물었다. 가족들의 눈동자가 모두 동우를 향해 있었다. 동우는 잠시 머뭇거렸다. 뭐라고 대답해야 좋을지 몰라 잠시 뜸을 들였다.

"동우야, 어디 있었다가 오는 게야?"

무겁고 차가운 한 회장의 음성이 재촉하듯 새어나왔다.

"저……, 윤주 만났어요."

동우는 거짓말을 하거나 다른 변명 거리를 둘러댈 생각도 없이 자신도 모르게 윤주라는 이름을 내뱉었다. 모든 것이 일순간 정지되었다. 정적이 흘렀다. 예감했던 정민의 입에서 짧은 탄성이 새어나왔다.

"뭐? 윤, 윤주라고?"

한 회장은 너무 어이가 없어 할 말을 잃은 표정으로 물었다.

"어떻게 그 애를 만나? 그게 몇 년이 지났는데? 어떻게 걔를 만날 수 있어? 동우야, 이건 도저히 말도 안 되는 얘기다. 어떻게 만날 수가 있다는 거야? 너 거짓말하는 거 아니냐?"

어머니는 믿기지 않는 표정으로 동우를 보며 말했다. 동우는

 나 괜찮아요,
뒤돌아보지 마세요

아무 말 하지 않았다.

"동우야!"

김 여사가 다그쳤다.

"아니요, 만났어요."

정민은 그 베이커리에서 만난 여자일 거라고 예감하고 있었다.

"나도 아는 사람이죠, 그죠, 동우 씨?"

일순간 모든 시선이 정민에게 향했다. 동우는 말 대신 눈으로 답했다.

"그럼, 어제 그 여자랑 같이 있었던 거예요?"

동우는 말이 없었다.

"세상에!"

김 여사의 입에서 한탄 섞인 어조가 새어나왔다. 머뭇거리다가 김 여사는 다시 입을 열었다.

"……아니, 무슨 인연의 끈이 이렇게 질기다니? 무슨 악연이야? 그럼 걔도 아직 혼자라는 거야?"

"예, 혼자지만 딸아이가 있어요."

벌떡 자리에서 일어난 한 회장이 쇳소리처럼 거칠게 불호령을 했다.

"이거 뭐하는 거야! 아니 그럼, 이미 결혼한 여자하고 같이 있었단 말이야! 너 제 정신인 게야?"

"엄마, 나 윤주랑 같이 살 거예요, 이제부터라도. 윤주는 혼자예요."

"동우 씨!"

정민의 말과 동시에 모두들 넋 나간 표정으로 동우를 바라보았다.

"저 정신 나간 놈! 나가라, 꼴도 보기 싫다."

한 회장은 그대로 방으로 들어가 버렸다.

"동우 씨, 제 정신이에요? 그 여잔 이미 애가 있어요."

"정민 씨, 엄마, 윤주는 내 아내예요. 지금 그 여자가 그렇게 된 건 다 나 때문이에요."

두 사람은 어떤 넘어설 수 없는 벽을 느끼고 있었다.

"동우야, 너 어쩌려고 그래? 걔는 이미 남자가 있고 애도 있다잖니?"

김 여사는 동우를 말리듯 말했다.

"엄마, 엄마, 윤주는 지금 혼자예요. 그리고 나 때문에 윤주가 저렇게 됐었다고요. 내가 그렇게 안 했으면 윤주는 지금쯤 행복하게 살고 있었을 거예요. 그런데 다 저 때문이라고요!"

동우는 애끓는 심정으로 설득했다. 김 여사는 아들의 애통하는 모습을 보며 가슴이 무너져 내렸다. 하지만 정민의 눈빛은 예사롭지 않게 빛이 났다.

20
귀향과 새로운 삶

덕수는 윤주와 살던 옛 집을 찾아갔다. 그도 객지에서 떠도는 생활에 지쳤다. 그래서 다시 고향으로 내려가려고 그녀의 집을 찾았던 것이다. 그는 바다에서 자란 사람답게 우락부락 선도 굵게 생겼다. 며칠째 면도를 하지 않아서 턱수염이 검게 나 있었다. 행색도 그간의 생활이 어떠했는지 알 수 있는 차림새였다. 그녀는 이사 가고 없었다. 그녀의 행방을 알아내기란 좀처럼 쉽지 않았다. 그렇게 포기하고 돌아서려는데, 그녀가 친하게 지냈던 골목 슈퍼마켓에서 그녀의 행방을 어렵사리 들을 수 있었다.

윤주를 따라 올라온 서울 생활은 갈수록 어렵고 힘들었다. 태안 포구에서 그녀와 함께 생활하던 그때가 꿈만 같았다. 바다에 나가서 힘들게 일하고 들어오면 집에 항상 꽃다운 윤주가 있었다. 그와는 모든 것에 격이 달랐던 그녀는 마치 우렁이 각시 같았다. 그는 그녀의 말이라면 그저 꾸벅했다. 그렇게 행복한 나날이 이어지고 있었는데, 어느 날 그녀가 서울로 올라가겠다고 했다. 그때 그는 망설이고 망설였다. 선뜻 따라 나설 수가 없었다. 서울에서 할 수 있는 일이 그에게는 아무것도 없었다. 학교 교육을 다 마친 것도 아니었고, 그렇다고 특별한 기술이 있는 것도 아니었다. 서울로 간다는 게 겁이 났다. 그녀가 집을 나갔던 그날, 그는 정말 못 견디게 힘들었었다. 그녀가 없는 이곳은 정말 몸서리치게 힘들 것이라는 사실을 그는 예감했다. 그래서 그는 할 수 없이 그녀를 따라 상경하기로 결심했다.

처음에는 그녀와의 서울 생활이 그런대로 행복했었다. 바닷바람

부는 갯마을과는 사뭇 달랐다. 그는 어느덧 서울 생활을 그런대로 만끽하고 있었다. 뜻하지 않게 아이가 생긴 것도 그에게는 더할 수 없이 좋은 일이었다. 그런데 아이가 생기면서 윤주는 그와는 달리 심한 우울증에 빠져 자책을 했다. 그것을 보고 덕수는 심한 회의에 빠지기 시작했다. 그리고 갈수록 그의 서울 생활도 그리 녹록지가 않았다. 그때부터 그는 서서히 밖으로 나돌기 시작했다. 일거리가 없다 보니 결국 그녀에게 의지하게 되었다. 하지만 그러기에는 남자로서 자존심이 허락하지 않았다. 그 후 밖으로 나돌면서 노름에도 손을 대고 돈이 떨어지면 들어오곤 했다. 그러던 중에 같은 고향에 동갑인 여자를 만나서 살림을 차리게 되었다. 그런 그가 그녀의 집을 찾은 것은 은서를 데려가기 위해서였다.

동우는 한 회장에게 무릎 꿇고 빌었다. 윤주와 같이 살겠다고 애원했다. 그러나 한 회장은 냉담했다. 이번에는 김 여사까지도 그에게 냉담하게 굴었다. 그러나 동우는 뜻을 굽히지 않았다. 그는 그녀가 일하는 가게와 가까운 곳에 집을 얻으려고 동분서주했다. 하지만 그쪽은 생각보다 집값이 훨씬 비쌌다. 하는 수 없이 교통이 조금 편한 쪽에 집을 구하기로 마음을 정했다.

윤주는 동우를 만나고 나서부터 싱그러운 꽃처럼 탱탱하게 물이 올라 있었다. 그러던 어느 날 빵가게 문이 열리며 들어서는 사람이 있었다. 정민이었다. 환하게 손님을 맞이하던 윤주의 표정이 금세 굳어졌다. 윤주는 올 것이 왔다는 기분으로 담담히 그녀를 테이블에 앉혔다. 그리고 자기도 그 앞에 마주 앉았다.

 나 괜찮아요,
뒤돌아보지 마세요

“동우 씨에게 얘기 들었어요.”

정민이 차분히 가라앉은 목소리로 먼저 입을 열었다.

“……어떻게 이럴 수 있는지 모르겠어요.”

윤주는 말없이 시선을 테이블에 고정시킨 채 듣고만 있었다. 다시 정민의 말이 이어졌다.

“아무리 동우 씨가 사고를 당해서 기억이 없다고 해도, 과거는 지난 과거가 아닌가요? 윤주 씨가 이러시면 안 되잖아요?”

그제야 윤주가 고개를 들고 그녀를 바라봤다.

“……윤주 씨는 이미 아이도 있고……, 또……, 동우 씨가 아무리 붙잡는다고 해도 윤주 씨가 이러시면 정말 안 되죠. 안 그래요? 그리고 나 그 사람이랑 결혼할 거예요. 알죠?”

“…….”

윤주는 아무 말 하지 않았다. 사실 어떻게 변명이라도 목 터지게 하고픈데, 말을 할 수가 없었다. 대체 무슨 말을 할 수 있을까? 그는 내 남자라고 할까? 그렇지만 그것은 그냥 과거일 뿐이다.

“다시는 이러지 않았으면 좋겠어요. 그리고 두 번 다시 이런 일로 보지 않았으면 합니다. 동우 씨가 아무리 뭐라고 해도, 그건 윤주 씨 하기 나름이에요.”

정민의 싸늘한 음성이 윤주의 가슴을 아프게 파고들었다. 정민이 가고 나서도 윤주는 한동안 공황 상태라도 온 듯 멍해 있었다. 그렇다고 그녀는 정민의 말대로 할 생각도 확실히 서 있지 않았다. 아무것도 떠오르지 않았고 생각나는 것도 없었다. 은서를 데리고 집으로 오면서 드는 생각은 오로지 아이에 대한 염려뿐이었다. 그녀는 정민의 말대로 동우와는 더 이상 만나지 말아야겠다고 마음먹었다. 시간이 지나면 자기를 잊으리라 생각했다.

'그 없이도 이렇게 지내왔고 지내왔다.'

그의 곁에 있으면 또다시 파국이 올 것만 같았다. 윤주는 입술을 지그시 깨물었다. 눈물이 흘렀다. 아! 그와 나의 운명은 왜 이렇게도 가혹하단 말인가.

저녁 느지막이 동우가 통닭과 간식거리를 양손에 가득 들고 들어왔다.

"이거 뭐예요?"

"통닭이랑 만두. 빨리 온다고 했는데 늦었지? 은서는 자?"

"저녁 먹고 좀 전에 잠들었어요."

동우는 간식거리를 풀어놓았다. 윤주는 담담한 표정으로 그를 바라보았다.

"먹자."

동우는 통닭 한 개를 집어서 그녀에게 건네주고는 자기도 하나 집어 먹었다.

"저녁 안 드셨어요?"

윤주는 허겁지겁 집어 먹는 동우를 보며 묻는다.

"응. 오늘 바쁘게 돌아 다녔어."

"진작 저녁 안 먹었다고 얘길 하지, 뭘 했기에 아직 저녁 전예요?"

윤주는 벌떡 일어서며 말했다.

 나 괜찮아요,
뒤돌아보지 마세요

“뭐하게?”

“이거 먹지 말구 저녁을 먹어요. 저녁 차려올게요.”

그렇게 말하고 나가려는 윤주의 손을 잡으며 그가 말했다.

“그냥 앉아, 이거면 충분해. 설마 한 끼 안 먹는다고 그게 어떻게 되나? 앉아.”

윤주는 도로 앉았다.

“근데 무슨 일로 바빴어요?”

“어, 집을 보느라고. 몇 군데 봤는데 이따가 같이 가봐. 교통이 편한 데다 봐놨으니까.”

동우는 통닭 한 입 베어 물고 만두 한 입 먹으며 우물우물하는 소리로 말했다. 윤주는 정색을 하며 그를 바라보았다.

“……저기…….”

“왜?”

동우는 먹다가 그제야 윤주의 표정을 살피고 가만히 응시했다.

“저기……, 이러지 말아요.”

윤주는 대체 무슨 말을 어떻게 해야 좋을지 몰랐다.

“무슨 말이야?”

동우는 생뚱맞은 표정으로 그녀를 보며 말했다.

“여기 오지 말구……, 그 여자랑 결혼해요. 응?”

“찾아왔었어?”

윤주는 대답하지 않았다. 동우는 먹던 것을 내려놓고 자세를 가다듬으며 차분하게 말했다.

"윤주야, 아니, 당신이 대체 무슨 얘기를 들었는지 모르지만, 난 그 여자랑 결혼 안 해."

"오빠, 나랑 이렇게 같이 있으면 언젠가는 옛날처럼 불행해질 거야."

동우는 그녀의 말을 잘랐다.

"아니! 그건 그렇지 않아. 그건 정말 뜻하지 않았던 사고일 뿐이야. 미처 피하지 못했고 예견치 못했을 뿐이야. 불행한 건 없어."

"그래, 그건 그렇다고 해. 나중에는 오빠가 나 때문에 힘들어질 걸? 나 그거 원치 않아. 사실 그 여자가 나보다 훨씬 낫잖아."

동우는 자기 생각과는 전혀 다른 것 같아서 심호흡을 했다.

"당신……, 결혼한다는 거, 그렇게 조건 보고 해?"

윤주는 생뚱맞은 표정으로 그를 바라봤다.

"아니잖아, 응? 그래, 물론 그 여자 당신보다 나아, 좋지. 경제력도 있고 집안 배경도 좋고 야무지고 그래. 좋은 여자야. 하지만……."

동우는 윤주 얼굴을 한번 들여다보고 다시 말을 이었다.

"윤주야, 결혼하고 싶을 만큼 사랑하지는 않아. 알겠어? 그러니까 다른 생각 하지 말고 내 말대로 해, 응?"

윤주는 그의 말대로 한다고 해도 그렇게 심기가 편하지 않을 것 같았다.

"너 나 없이 살아지대?"

윤주는 말을 못 했다.

“나도 너 없인 못 살아.”

그의 말이 그녀 가슴에 화살처럼 날아와 박혔다.

21
갈등

"동우 씨! 지금 이러는 게 제 정신이라고 생각해요? 이건 말이 안 되는 거라구요. 어머님이나 회장님 생각해 보셨어요? 그리고 그 여자에 아이는 또 어쩔 거구요?"

정민은 분노에 찬 얼굴로 소리 질렀다.

"모든 것이 지난 일이라고 하지만 윤주는 지금도 여전히 내 아내예요. 그 곁에 남자가 있다면 모르지만, 그녀는 아직 혼자예요."

"그것은 이미 지난 일이라구요!"

"네, 그래요. 내 모든 것이 지난 일이 되어 버렸어요. 하지만 내가 이렇게 살아 있는 한 그녀의 인생과 내 인생은 다른 배를 타고 항해할 수 없다는 걸 알았어요."

"난 그런 말 몰라요! 다만 현실을 직시하라는 거죠!"

"나 때문에 그녀의 인생은 이미 좌초했고 많은 것을 잃었어요, 나를 만나지 않았다면 지금 윤주는 더 넓은 세상을 자유롭게 날고 있을지도 몰라요!"

"그래서 그 책임을 지겠다는 거예요? 그것도 다 자기 인생이고 다 자기 팔자지, 누가 누구를 책임져요? 다 자기 인생이에요!"

"정민 씨, 좋은 여자예요. 하지만 난 윤주가 없으면 내 인생이 없어요. 아시겠어요?"

정민은 더 이상 넘어설 수 없는 벽에 부딪친 기분이었다. 그녀는 다음 날 바로 미국행 비행기에 올랐다. 동우는 윤주와 새 집으로 이사를 했다. 초여름의 더위가 일찍부터 기승을 부렸다. 아담한

2층 집 빌라의 2층으로 이사를 했다. 이삿짐 기사가 부려놓은 이삿짐을 안으로 부리나케 옮겨다 놓은 동우의 이마에 땀이 송골송골 맺혔다.

"여기 음료 드시고 하세요."

윤주가 시원한 캔 음료를 들고 나와서 기사에게 음료를 건네고 나서 동우의 이마에 맺힌 땀을 수건으로 닦아 주었다.

"덥지?"

"어, 벌써 여름이 다가온 기분이야. 안엔 정리 다 돼가?"

"어, 큰 것들은 이미 자리들 잡았어."

그러더니 동우가 얼른 주위를 살폈다.

"왜?"

윤주가 묻는데 동우가 얼른 윤주의 입술을 살짝 훔쳐갔다. 홍조 띤 윤주가 부끄러워서 동우를 툭 치며 살짝 웃었다. 동우도 그녀의 미소를 받아서 웃다가 말했다.

"당신, 이거 얼른 끝내고 은서 오면 삼겹살에 소주 한 잔 하자."

"그래요."

윤주가 선선히 웃으며 안으로 들어갔다. 동우는 그 웃음을 받아주며 다시 이삿짐을 나르기 시작했다.

덕수는 윤주가 살던 동네 오르막길을 오르고 있었다. 그 전에 살던 동네 슈퍼가게 주인의 말을 듣고 찾아 나선 곳이었다. 그 색 바랜 파란색 철제 대문 앞에서 그는 멈추었다. 안을

 나 괜찮아요,
뒤돌아보지 마세요

기웃거려 보는데, 사람 없는 빈 집 같았다. 허탈한 기분으로 그는 비탈길을 내려왔다. 그런데 아래쪽에서 어느 여자와 중년 남자가 올라오고 있었다. 덕수는 그들을 지나쳐 내려가다가 무심코 뒤를 돌아보았다. 그런데 자기가 방금 보고 온 그 파란 철대문 안으로 그들이 들어가고 있었다. 덕수는 재빨리 오던 길을 몇 걸음 뛰어 돌아갔다. 그의 머리에 순간 무언가 퍼뜩 스치고 지나갔다.

22
행복 뒤에 오는 파국

동우와 같이 한 곳에서 자고 눈뜰 수 있는 윤주는 행복했다. 같이 아침을 먹고 같이 손잡고 산책할 수 있었다. 모든 것이 감사했다. 감사는 겨우내 응어리진 마음도 풀어내게 하는 마법을 가졌다. 밤하늘을 보며 그와 얘기도 할 수 있다. 은서와 동우와 셋이 같이 지내는 이처럼 행복한 시간이 있을까? 윤주는 꼭 이런 행복이 꿈만 같았다. 그러면서도 이 행복이 금방이라도 깨질 수 있는 유리그릇처럼 생각되어서 조심스럽게 다루었다. 예전에 그랬듯이 꼭 깨뜨릴 것만 같은 불안하고도 행복한 나날이 이어졌다. 그녀는 베이커리에서 일하는 것을 그만두고 집에서 아이들을 가르쳤다. 그리고 동우는 클럽에 나가서 연주를 하며 생활했다.

7월의 초저녁 바람에 산뜻한 오이비누 냄새가 풍겨 왔다. 윤주는 은서의 손을 잡은 채 한 손에 시장바구니를 들고 길게 누운 그림자를 밟으며 집으로 걸어오고 있었다. 단란하게 아이와 얘기를 나누던 윤주는 무언가에 막혀 그 자리에 섰다. 얼굴이 굳어졌다. 수염이 덥수룩한 덕수가 집 앞 골목에서 서성거리다가 윤주와 아이를 보더니 멈추어 섰다. 윤주는 덜컥 겁이 났다. 그녀는 은서를 치마 뒤로 숨기려 했다. 덕수가 성큼성큼 그녀 앞으로 다가왔다. 순간 윤주는 숨이 탁 막혔다. 덕수는 은서를 내려다보며 능글맞게 씩 웃었다. 윤주는 더욱 은서를 치마폭 뒤로 숨겼다.

"……시방 보니께 사는 게 괜찮은 갑네유?"

덕수는 그녀보다 열 살 이상 많았지만 처음부터 그녀에게 말을 놓지 못했다. 한 번 길들여진 습관은 좀처럼 벗어나기 어려웠다.

"여, 여긴 어떻게……?"

윤주는 말을 잇지 못했다. 덕수는 산동네에 가서 그 집 주인으로부터 윤주의 거처를 알아냈던 것이다.

"보니께 시방 거기는 다른 남자랑 있는 모양인디. 이제는 저 아이 찾으러 왔씨유."

윤주는 그 말에 잔뜩 긴장하고 은서를 치마 뒤로 숨겼다.

"안돼요!"

순간 윤주는 모든 촉각을 세우고 어미닭처럼 은서를 품으로 끌어안았다. 그녀의 언성이 높아졌다.

"안 되긴 뭐가 안 돼유우? 지 새끼 지가 데려가겠다는데 뭐가 안 돼남유?"

덕수는 예쁘장한 은서를 보고 씩 웃으며 말했다.

"소식도 없다가 지금 와서 왜 이러세요? 은서는 절대 안 돼요!"

"난 저 애 애비여유, 안 되긴 뭐가 안 되유! 저 아이 데리고서 시방 고향으로 내려가서 살 꺼여유!"

"이 아인 내 아이예요. 어딜 데려가려고 그래요?"

"아따! 안 되긴유. 시방 그짝은 젊은 남자 만나서 살면서 왜 남의 새끼를 끼구 산대유? 그거야말로 말이 안 되지유? 사거리에서 길을 막고 물어봐유, 내가 틀린지 그짝이 틀린지."

덕수는 막무가내로 은서를 잡아내려고 했다. 그것을 못 하게 하는 윤주와 덕수 사이에 몸싸움이 벌어지고 고성이 오갔다. 시장바구니는 내동댕이쳐졌다. 내용물이 데굴데굴 쏟아져 나왔다. 그때 빌라 안에서 동우가 달려 나왔다.

"너, 뭐야?"

동우는 덕수의 멱살을 잡아채고 윤주와 은서를 자기 뒤쪽으로 몰아넣었다. 그러나 덕수의 힘에는 당할 수가 없었다. 동우는 바닥으로 나동그라졌다. 운동을 즐겨했던 그는 예전만큼 그렇게 힘을 쓸 수가 없었다.

"여보!"

윤주는 놀라서 울부짖었다. 그녀는 쓰러진 남편을 일으키려고 부축했다. 이미 골목에 지켜보는 동네사람들이 모여들었다. 하지만 덕수는 그런 것과는 상관없이 은서를 데리고 가려 애를 썼다. 은서는 울고불고 엄마를 부르며 앙앙거렸다. 윤주는 얼른 은서를 잡으려 했지만, 덕수의 완강한 완력에 밀려났다. 동우도 합세해서 덕수에게 달려들어 저지했다. 하지만 어림도 없었다.

"이 아이는 내 아이이니께 내가 데리고 갈게유! 정 뭐하다면 법으루다 해유!"

덕수는 아랑곳하지 않고 은서를 그들에게서 억지로 떼어갔다. 그도 이렇게까지 될 줄은 정말 몰랐다. 그녀에게 남자가 있을 줄은 생각지도 못했었다. 윤주가 남자와 사는 것에 대해서 밑도 끝도 없이, 이유 없이 화가 나서 갑자기 훼방 놓고 싶은 심정이 들었다. 그에게 그녀에 대한 연민이 남아 있었던 모양이다.

그래서 처음에는 아이를 보고 싶다는 핑계를 삼아 그녀에게
은근히 얹혀살려 했다. 그런데 사람 일이란 도무지 알 수가 없는
것들이어서 바람 빠진 풍선마냥 그저 되는 대로 흘러가는 것
같았다. 윤주와 동우는 그를 막고 잡으며 은서를 놓고 실랑이를
벌이며 발버둥 쳤다. 아이는 겁에 질려 울고불고 했다. 그야말로
난장판이었다.

　노을이 세상에서 잠기고 푸르스름한 어둠이 사방에 내리고
있었다. 두 사람은 어두운 저녁 거실에서 실신한 사람처럼 멍하니
서로가 다른 시선으로 앉아 있었다. 정말 뜻하지 않았던 거센
풍랑이 일고 지나갔다.

　"여보."

　동우가 그녀를 부추겨 방으로 들어가려 하는데 윤주의 몸이
쇳덩이처럼 무거워 들 수가 없었다.

　"여보, 낼 내가 가서 은서를 꼭 데리고 올 거야, 응? 걱정 마."

　그녀는 꿈쩍도 안 했다. 그 아이가 생겼을 때 얼마나 지우려고
했던가. 그렇게 못 견디게 괴롭고 자신이 수치스러웠던 아이였다.
그때 그 일이 자신에게 내려지는 벌이라고 생각했다. 그날 밤
그녀는 그렇게 망부석처럼 까만 밤을 새웠다.

23
마지막 이별

은서를 빼앗긴 지 벌써 이틀이 지났다. 동우는 변호사 사무실로, 법원으로 다니면서 은서를 찾아올 수 있는 모든 방법을 강구하고 다녔다. 초록의 짙어가는 플라타너스 위에 여름비가 내리고 있었다. 세상의 모든 소리는 빗속에 파묻혔고, 그들이 신음하는 아픔도 빗속에 파묻혔다. 윤주는 침대에 무릎을 괴고 앉아 있었다. 아무것도 할 수 없을 만큼 그녀는 야위어 갔다. 손을 입에 대고 쿵쿵 신음하듯 앓고 있었다. 방문이 열렸다. 동우가 미음을 써서 들어왔다.

"당신 이거 좀 먹어봐? 이거 좀 들면 괜찮아질 거야."

"……여보, 나 추워."

초여름인데도 윤주가 사시나무 떨듯 파르르 떨었다. 동우가 이불자락을 그녀의 어깨에 감싸 주었다.

"……여보, 나 우리 은서 보고 싶어요, 응?"

윤주는 눈물이 가득 고인 얼굴로 그를 보며 말했다.

"그래, 보고픔 가서 보고 와."

동우는 두 손으로 그녀의 얼굴을 감싸며 눈물을 닦아 주었다. 그는 그녀가 너무 애처로워서 꼭 안아 주었다.

"여보."

윤주가 흐느꼈다. 뱃속에 있을 때 그렇게 지우고 싶도록 미웠던 은서가 이제는 그녀 생명의 유일한 희망이고 버팀이었다. 눈에 넣어도 안 아픈 내 아이 서은서. 갑자기 은서가 없어질 줄은 꿈에도 생각지 못했다. 마치 심장이 탁 멈춘 기분이었다. 팔 다리가 잘려나간 듯 도저히 힘을 쓸 수 없었다.

"그래, 가서 은서 보고 오자, 응? 내일 가자."

어느새 동우도 말없이 흐느끼고 있었다. 동우의 잠든 모습이 어스름한 새벽빛에 평온하게 보였다. 윤주가 그의 얼굴을 말없이 내려다보았다.

'여보, 나갔다가 은서 데리고 올게요. 나 없어도 너무 실망하지 말고, 알았지? 나 꼭 올게. 응? 우리 은서 데리고 꼭 올 거야.'

그녀는 이불을 여며 주며 그에게 속으로 말했다. 윤주는 새벽 첫 태안 행 고속버스에 몸을 실었다. 은서를 찾아오기 위해 태안 덕수의 집으로 내려가는 길이다. 마냥 앉아 있을 수만은 없었다. 그 은서는 내 아이다. 그녀는 내려가는 버스 속에서도 온통 아이 생각뿐이었다. 은서는 한 번도 엄마와 떨어져 본 적이 없었다. 은서가 엄마만 찾으며 꼭 죽었을 것 같은 생각에 몸서리쳤다. 조금만 더 참고 기다려 주기를 간절히 바랐다. 엄마가 꼭 널 데려오리라고 굳게 마음먹었다. 그때 휴대폰이 울렸다. 남편이었다. 윤주는 휴대폰을 열었다.

"네."

동우는 아침에 일어나 침대에서 없어진 윤주를 보고 한참 동안 허탈하게 앉아 있다가 전화를 한 것이다.

"……당신 어디야?"

그의 목소리는 차분히 가라앉아 있었다.

"걱정 말아요, 나 우리 은서 데리고 올 거예요."

 나 괜찮아요,
뒤돌아보지 마세요

"그러니까 당신 지금 어디 있는 거냐구?! 내가 같이 갈게."

"아녜요, 걱정하지 말아요. 조금만 기다리면 내가 올라갈게요."

"같이 갔으면 좋았는데……."

그는 그녀가 사라진 것이 꼭 마지막이리라는 생각이 떠나질 않았다.

"……고마워요."

그가 같이 가는 것도 좋지만, 그보다는 혼자 가고 싶었다. 그 아이는 내 아이고 그와는 상관없는 내 삶의 일부분이었다. 그래서 혼자 길을 나선 것이었다.

"당신 아침 거르지 말고 드세요. 식탁에 차려 놨어요."

"당신은?"

"……."

"이럴 땔수록 꼭 먹구 댕겨, 응?"

"네, 알았어요."

한동안 두 사람은 말이 없었다. 그리고 두 사람은 동시에 입을 열었다.

"……여, 여보세요?"

"네, 얘기하세요."

"어……, 윤주야, 사랑해"

"……!"

윤주는 순간 말없이 눈물이 맺혔다.

"여보세요? 윤주야, 들어?"

"……, 나두……, 사랑해요."

떨리는 그녀의 목소리에는 우수기가 묻어 소리가 잘 새어나오지 못했다.

"어, 그래. 우리 예쁜 은서 꼭 데리고 와야 해. 그때 오면 가서 맛있는 거 먹자. 잘 갔다 와."

저쪽에서도 간간이 흐느끼는 소리가 들려왔다.

"그래요."

윤주가 물기 묻은 소리를 거두며 희미하게 웃었다. 하지만 여전히 눈물이 뺨을 타고 내렸다.

24
나 괜찮아요,
뒤돌아보지 마세요

태안 마을에 당도한 윤주는 은서 생각 때문에 마음이 급했다. 마을버스 정류소 삼거리에 내린 윤주는 급히 덕수 집으로 향했다. 비릿한 바다 고기 말리는 냄새와 갯냄새가 밀려왔다. 그런데 바쁜 걸음을 재촉하던 그녀의 눈길을 잡는 것이 있었다. 그녀는 다시 휙 고개를 돌렸다. 저쪽에서 뛰어노는 아이가 눈에 들어왔다. 은서 같았다. 아니 진짜 은서였다. 횟집 앞에서 혼자 놀고 있는 아이는 분명 은서였다. 달려가던 은서의 발걸음이 멈췄다. 눈물이 핑 돌았다.

"……은서야…"

그녀는 입술이 떨려서 목소리가 잘 나오지 않았다.

"은서야!"

재차 아이 이름을 불렀다. 은서가 횟집 앞에 괸 물에서 놀다가 윤주 쪽을 보았다.

"엄마!"

은서가 헌 인형을 들고 윤주 쪽으로 달려왔다. 윤주는 달려드는 은서를 덥석 껴안고 울었다.

"은서야!"

다시 떼어내서 딸아이 얼굴을 보았다. 아이 얼굴에 땟물이 덕지덕지 붙어 있었다. 그간 밖에서만 있었는지 얼굴도 좀 탄 것 같았다. 정말 고아라는 말이 이런 아이를 두고 하는 것 같았다. 그녀는 너무 마음이 아팠다. 그녀는 아이를 안고 울었다.

그때 횟집 안에서 덕수가 나와 그 광경을 보고 있었다. 마음이 그리 편치 않은 표정이었다. 안에서 여자의 코맹맹이 소리가 들려왔다. 이윽고 보글보글 파마머리에 빨간 입술을 한 여자가 덕수 곁에 다가섰다. 나이는 덕수보다 동갑이거나 많아 보였다. 그 파마머리에 짙은 화장을 한 여자는 산전수전 다 겪은 세월의 요부 같은 모습을 풍겼다. 그는 그 여자가 운영하는 횟집에서 가게 일을 거들면서 여자의 기둥서방 역할을 하며 도와주고 있었다. 덕수가 윤주를 찾아갔던 것은 이 여자에게서 벗어나고픈 생각도 있었지만, 이 여자에게서 느끼지 못했던 향긋하고 신선한 여자 냄새가 풍기는 윤주가 그리웠던 것이다. 그런데 뜻하지 않게 그녀에게서 다른 남자를 보게 되자 몹시 분노했던 것이다. 정말 뜻하지 않은 결과에 자신도 어쩔 수가 없었다. 그도 언젠가는 그녀에게 자신보다 나은 다른 남자가 생길 거라고 마음속으로 생각해 오고 있었다. 하지만 막상 그렇게 눈앞에 닥치고 보니 마음이 아팠던 것이다.

윤주는 그 파머머리 여자를 보고 은근히 덕수에 대해 부아가 치밀었다. 무작정 아이를 데리고 가서 이 꼴로 방치한 것에 대해 화가 났다. 은서가 마치 계모 밑에서 자라는 미움 받는 천덕꾸러기가 된 듯한 생각이 들었다. 은서를 이렇게 키울 거라면 덕수에게 도저히 은서를 맡길 수 없을 것 같았다. 그때 덕수가 윤주 쪽으로 걸어왔다. 덕수는 윤주가 은서 때문에 언제가 한번은 내려올 거라고 생각하고 있었다.

"안 돼!"

 괜찮아요,
뒤돌아보지 마세요

　윤주는 본능적으로 은서를 품듯 꼭 껴안았다. 절대 아이를 그에게 내줄 수 없다는 각오였다. 덕수는 그녀에게서 아이를 떼어내는 게 못된 짓이라는 것을 알지만 하는 수 없었다. 그게 오히려 윤주에게도 좋을 것이라고 생각했다. 왜냐하면 그녀가 다른 남자를 만나서 새 출발을 하는 데는 남의 자식이 있는 게 결코 바람직하지 않을 것이기 때문이었다. 그는 언젠가 TV에서 본 '동물의 왕국'을 기억했다. 수사자가 다른 암사자와 짝짓기를 하기 위해서는 그 암사자의 새끼들이 죽어 없어져야 했다. 그래야 비로소 그 암사자와 짝을 짓는다는 것이다. 그래서 덕수는 은서가 윤주의 남자 밑에서 자라는 것보다는 자기가 데리고 있는 게 나을 거라고 생각했다. 한편으로는 윤주가 이이를 끔찍히 생각하는 만큼 저 아이를 구실로 해서 윤주와 예전처럼 이곳에서 생활하고 싶은 생각도 버리지 못했다. 그러나 윤주가 끝내 돌아선다면, 지금 덕수가 느지막이 만난 이 여자에게 아이가 없기 때문에 은서를 데려다 키워 볼 요량이었다.

　윤주는 덕수와 담판을 지으려는 심정으로 마주 앉았다. 그녀는 은서 없이는 안 된다는 의지를 보이며 강짜 놓듯 했다. 또 은서를 정말 잘 키울 거라고 덕수를 달래며 맹세까지도 했다. 그러나 덕수의 태도는 냉담하기만 했다. 결국 눈물로 애원하기도 했다. 그는 어디서 들었는지 아이들 양육권은 아버지에게 있다고 법적인 얘기까지 들먹였다. 심지어 은서의 유전자 검사까지 들먹이며 나왔다. 그도 은서를 잘 키울 것이라고 말했다. 윤주는 은서의 양육권은 이제까지 키워온 자기한테 있다고 맞받았다. 목에 핏발을 세우며 은서 없이는 못 산다고 강하게 얘기했다. 윤주도 이대로 쉽게 물러설 기색이 아니었다. 덕수는 완강한 그녀 앞에서 더 이상 알력으로 밀고 나갈 수가 없었다. 늘 그랬지만 그녀 앞에서 그는 고양이 앞에 선 쥐 같았다. 하지만 윤주는 그가 쉽사리 은서를 놓아 줄 거라고는 생각지 않았다. 그가 그렇게 자기 앞에서 말을 못 하고 수더분해 보이지만, 은근히 고집이 강하다는 것을 알고 있었기 때문에 그의 표정만으로는 단정 지을 수가 없다고 생각했다.

태안의 저녁이 바닷바람을 타고 수면 밑으로 가라앉고 있었다. 윤주는 그 횟집 근처의 민박집에서 은서와 같이 머물렀다. 윤주는 덕수가 동우 때문에 은서를 빼앗으려 한다는 것을 알고 있었다. 그와 처음 만났을 때 같이 지내면서 늪에서 빠져나올 수 없었던 기분을 지금도 똑같이 느끼고 있었다. 그녀는 결국 이 늪에 빠져서 나올 수 없으리라는 불길한 예감이 드는 것을 어찌할 수 없었다.

동우는 안절부절 온종일 손에 아무것도 잡히지 않았다. 아내와 은서가 없는 집안이 왜 이리도 휑해 보이는지 쓸쓸하기가 이를 데 없었다. 텅 빈 거실이며 주방, 은서의 방까지 모든 것이 주인을 잃은 빈껍데기 같은 느낌이었다. 은서를 데리고 올라오겠다던 아내가 웬일인지 영영 돌아오지 못하리라는 생각이 불길하게 들었다. 아침에 아내와 전화했을 때 따라가겠다고 할 걸 하는 후회가 들었다. 클럽에 나가서도 도무지 연주를 할 수가 없었다.

 나 괜찮아요,
뒤돌아보지 마세요

아내에게 전화연락도 할 수 없었다. 하고픈데 그럴 수가 없었다. 또다시 그녀에게서 어떤 충격이 올까봐서였다. 아무 연락도 없이 어둠속에서 기다린다는 건 막막하기 이를 데 없는 짓누르는 고통이다.

다음날 아침 동우는 태안 행 버스에 올랐다. 더 이상 그 고통의 시간 속에 혼자 갇혀 있을 수 없었다. 그에게 어떠한 고통이 다가오더라도 그는 그것을 마다하지 않고 맞고 싶었다. 동우는 덕수에게 줄 돈을 준비했다. 법정 공방은 윤주가 그동안 은서를 양육해왔기 때문에 분명 이길 것이라고 믿었다. 그렇지만 덕수가 은서의 부권을 포기하지 않을 경우에는 일이 쉽사리 끝나지 않을 것이다. 서로가 지칠 것이 뻔했기 때문에 그는 어떻게 해서든지 해결해 보고 싶었다.

태안에서 내린 동우는 다시 마을버스로 갈아타고 한참을 들어갔다. 가도 가도 넓은 평지가 끝도 없었다. 예전의 젊은 시절에 태백산 등산을 할 때가 생각났다. 동쪽은 산맥이 많아서 농사지을 수 있는 평지가 부족했다. 그래서 산맥과 산맥 사이에 작은 농토가 있으면 그곳을 개간해서 사람들이 살고 있었다. 그들을 보면서 그는 한국 사람들이 참 억척스럽고 경이롭다고 생각했다. 그런데 그는 대체 그녀가 어떻게 여기까지 왔을까 싶은 생각이 들었다. 지나간 모든 시간을 원점으로 되돌리고 싶었다. 스키 사고가 일어나지 않았더라면 지금의 이런 일들도 없었을 것이다. 그녀의 모든 불행이 어쩌면 자신 때문인 것 같은 자책을 지울 수가 없었다.

　태안 포구의 종점은 스산했다. 7월의 태양은 따갑기 그지없었다. 동우는 코끝으로 스미는 비릿한 갯냄새를 맡으며 그 억센 덕수를 떠올렸다. 동우는 어렵지 않게 윤주의 거처를 찾을 수 있었다. 이미 동네에서는 윤주와 은서의 이야기를 모르는 사람이 없을 정도라는 것을 느낌으로 알 수 있었다. 그간 잊고 있던 윤주가 나타나자 마을 사람들은 입방아를 찧기 시작했다. 동우는 슈퍼마켓에서부터 그런 분위기를 느낄 수 있었다. 동우가 윤주가 묵고 있는 민박집으로 향하는데 입구에서 덕수가 어슬렁거리고 있었다. 아마도 윤주가 도망이라도 갈까봐 지키고 있는 듯했다. 이미 그들은 서로 구면이었다. 덕수는 그를 외면하려 했다. 동우는 민박집으로 들어가려다 퍼뜩 떠오르는 생각에 덕수를 불렀다.

　“저기, 나 좀 봅시다.”

　그가 부르자 덕수의 눈빛이 다부지게 빛났다. 동우는 어떻게 해서든지 그의 마음을 돌려 보려는 참이었다. 두 사람은 횟집 방안에 마주 자리 잡고 앉았다. 팽팽한 긴장감이 흘렀다. 동우가 갑자기 무릎을 꿇었다. 순간 덕수는 당황했다. 날카로운 적개심을 품고 있었는데 갑자기 무장 해제되는 느낌이었다. 동우는 그 어떤 것이든 그에게 애원하고 매달리고 싶었다. 돈 봉투를 꺼내서 식탁 위에 놓고 그의 앞으로 밀었다. 덕수는 생뚱맞은 표정으로 그 봉투를 보다가 다시 동우의 얼굴을 봤다.

　“……이게 뭔데요?”

 나 괜찮아요,
뒤돌아보지 마세요

"이거 많지는 않지만 그동안 우리 윤주하고 은서를 보살펴 주신 것에 대한 감사의 마음입니다. 받아 주세요. 그리고 우리 은서를 주시면 나중에라도 충분히 보상해 드리겠습니다."

"이거 뭔 소리여유!"

덕수는 버럭 소릴 질렀다.

"아니, 내가 이따위 돈 때문에 이러는 줄 아남. 이런 거 어림도 없시유. 난 우리 은서만 있으문 되유."

덕수는 마음에도 없는 말을 하며 반쯤 옆으로 돌아앉았다.

"은서를 정말 생각하십니까? 잘 키우실 수 있으세요?"

덕수는 움찔했지만 인정하기 싫은 표정으로 얼굴을 뭉겠다.

"정말 은서를 사랑한다면 은서를 위한 길이 어떤 것인가를 한번 생각해 보세요. 나 정말 우리 은서를 잘 키울 자신 있습니다."

"아니, 내가 그 아이를 사랑하지 않는대유? 난 그 아이 애비예요, 아시유? 그쪽은 피 한 방울 섞이지 않은 남이잖어유!"

동우는 그 말에 잠시 멍해졌다. 피 한 방울 섞이지 않았지만 그 아이를 한없이 사랑한다고 마음속으로 외치는데, 정작 입 밖으로는 나오지 않았다. 동우는 마음이 아렸다.

"제발 부탁입니다. 은서를 우리에게 돌려보내 주세요, 예? 제발 부탁입니다. 윤주는 은서 없이 못 삽니다. 나 또한 윤주나 은서 없이는 단 하루도 살수 없습니다."

동우는 눈물을 흘렸다. 그러나 덕수는 꿈쩍도 하지 않았다.

"나한테 그런 마음 약한 모냥새로 비치면 내가 약해질까 봐

그러지요잉? 내는 그런 거 몰라유. 그리구 그짝은 아직 젊으니께 아직 아이야 얼마든지 가질 수 있을 거 아녀유. 아닌 말로 질로 비참한 게 늙어빠진 지예요. 아셨슈?"

동우는 더 이상 말할 기분이 아니었다. 횟집을 나온 동우는 윤주가 있는 민박집으로 향했다. 마음이 무거웠다. 그래도 진실한 마음을 보이고 거기에 위로금을 더하면 그 남자의 마음을 움직일 거라고 생각했는데, 오히려 그것이 더 나쁜 쪽으로 되고 말았다.

윤주는 뜻밖에 나타난 동우를 보고 반겼다. 은서도 그를 아빠처럼 반겼다. 은서는 그새 동우에게서 아빠의 정을 느끼고 있었다. 윤주는 그에게서 덕수를 만난 이야기를 들었다. 그녀의 마음도 무거웠다. 그들은 덕수의 마음이 어떠한 것인지 아직 파악할 수가 없었다. 오리무중 같았다. 정말 덕수가 은서를 원하는지, 아니면 그냥 윤주가 동우를 만난 것에 대한 일종의 화풀이인지 알 수 없었다.

"정말 그 사람 은서를 데려다 키우려는 것이 아닐까?"

동우가 말했다. 하지만 윤주는 그의 말을 믿지 않았다. 덕수가 정말 은서를 키울 것이라고 믿지 않았지만, 또 은서를 키울 수 있게 그에게 맡기고 싶지도 않았다.

해질녘 바닷바람을 맞으며 동우는 윤주와 은서의 손을 잡고 포구의 갯마을을 거닐었다. 은서는 엄마 아빠의 마음을 아는지 모르는지 밝게 놀았다. 한적하고 고요한 산책이긴 하지만 서로가 그리 편한 마음은 아니었다. 폭풍이 오기 전에 오는 잠깐의 고요

 나 괜찮아요,
뒤돌아보지 마세요

같은 기분이었다.

"은서가 잘 노네?"

동우가 침묵을 깨뜨렸다. 윤주는 미소로 받았다.

"그래, 어디서나 잘 클 아이야."

"……여보!"

윤주가 잠깐 그를 불러 보고는 다시 침묵 속에 잠겼다.

"응?"

"아니에요."

동우가 다시 그녀를 채근하듯 바라보았다.

"지금 나랑 같은 생각 하고 있지?"

윤주가 정색하며 그를 바라보았다.

"우리 어디 먼 데로 도망갈까? 아무도 찾을 수는 먼 곳으로 도망가자. 우리 셋이……"

"후후후, 그래요, 아무도 찾을 수 없는 곳으로 도망가요. 거기 가서 살아요. 은서랑 당신이랑 같이 이렇게 셋이서 소꿉장난하면서요."

"그래, 당신 말대로 소꿉장난하면서 살아."

동우가 웃어 보였지만 이내 웃음이 사그라졌다. 그러자 윤주가 정색하며 동우를 마주 보았다.

"……여보, 나아, 당신 없이는 살 수 있어요."

그녀는 미동도 없이 동우의 눈망울을 들여다보았다. 동우도 그녀의 눈길을 거부하지 않고 받아들였다.

"나 지금껏 그래 왔고, 또 그렇게 살아갈 수 있을 거예요. 하지만 은서 없이는 안 되겠어요."

윤주는 먼 기억을 떠올리듯 시선을 수평선 쪽으로 옮기며 말을 이었다.

"은서가 처음 이 세상에 생긴 걸 알았을 때, 그처럼 치욕스럽고 저주스러울 수가 없었어요. 은서가 당신 아이였으면 얼마나 좋을까 수없이 생각하고 또 생각하고 했어요."

"윤주야."

동우가 안쓰러운 눈길로 그녀를 잡아 주었다.

"그런데 그 아이가, 그런 아이가 나를 이제껏 살게 해준 힘이고 원동력이었어요. 그걸 지금에야 알게 되었어요."

윤주는 눈물을 흘렸다.

"나 지금 나만 행복하자고 당신도 얻고 은서도 얻으려고 그래요. 둘 다요. 나 지금 죄 받는 거 맞아요."

동우는 그런 윤주를 꼭 껴안았다.

"아니야, 죄 받는 게 아니야. 내가 당신을 지켜 주지 못했어, 미안해."

"여보, 나 당신한테 지금 이별 통보하는 거예요."

윤주가 그에게서 떨어지며 말했다.

"그래, 알아."

"그 사람도 내가 은서랑 같이 둘만 산다는 걸 알면 더 이상 어쩌지 못할 거예요."

동우가 눈물을 흘렸다.

"여보, 울지 말아요. 나 괜찮아요. 그러면 못 보내잖아요. 절대 돌아보지 말아요."

윤주는 그의 얼굴에 흐르는 눈물을 닦으며 말했다.

"그래, 당신이 원한다면 그럴게."

동우는 그녀를 포근히 안았다.

"그리고 그 사람을 미워하지 말아요. 어찌 보면 그 사람도 내 생명의 은인이에요."

"……."

그때 저만치서 그들의 모습을 지켜보고 있던 덕수가 그들의 포옹을 보며 말없이 돌아섰다.